オオカミさん一家と家族始めました

CROSS NOVELS

成瀬かの
NOVEL: Kano Naruse

コウキ。
ILLUST: KOUKI.

CROSS NOVELS

CONTENTS

CROSS NOVELS

CONTENTS

オオカミさん
一家と
家族
始めました
Ookami-san
ikka to
kazoku
hajimemashita

深瀬青《ふかせせい》にとって、通勤ラッシュは地獄だ。

獣だらけのホームで、深瀬は前に回したデイパックを抱きしめきゅっと唇《くちびる》を引き結ぶ。

やってきた電車に乗りこむと、揉みくちゃにされないようできるだけ奥へ行こうとするが、後ろ脚《あし》で立ったグリズリーがダムのように立ちはだかっていて果たせない。雪崩《なだれ》のように後から後から入ってくる獣《けもの》たちに押され、深瀬の顔はごわついていて生あたたかいグリズリーの毛並みに埋まってしまう。顔に眼鏡のフレームが食いこんで痛い。

「うう」

もっと早く起きて徒歩で会社に向かえば良かった、そうでなければ調子の悪い自転車を言われるまま預けたりせず、その場で修理してくれる店を探せばよかったと深瀬は臍《ほぞ》を噛《か》む。

このままでは呼吸もままならない。なんとか体勢を立て直そうともぞもぞしていると、反対側に立っていたガゼル――籠《かご》のようなバッグを持っているから女性だろう――に睨《にら》みつけられた。

潤んだように光る大きな瞳に深瀬の顔が映る。

「す、すみません」

謝ったのに、ガゼルはひくんと耳を揺らすと、無理矢理人波を搔《か》き分け離れていった。――深瀬の隣に立つのはいやだとばかりに。

セーラーカラーをつけたヒバリが二羽、シートの上でくすくす嗤《わら》う。ちらちらと盗み見る視線でわかる。彼らは深瀬を嗤っているのだと。

かあっと躯《からだ》が熱くなる。

深瀬は震える指で眼鏡の位置を直し、すこしでも顔が隠れるよう前髪を引っ張った。

――平常心平常心。気にしない気にしない。

窓にうっすらと映りこむ深瀬の姿はヒバリたちが嗤うのも道理、今時珍しいほど野暮ったかった。ひょろりと頼りない体躯を包むスーツはいまだ七五三の晴れ着のように馴染んでおらず垢抜《あかぬ》けないし、真っ黒な髪は厚みがあって重く長く、俯《うつむ》くと顔の半分を覆ってしまう。

なにより目につくのは瓶底《びんぞこ》眼鏡と表現されるにふさわしい大きな丸眼鏡だ。今の技術ならいくらでも薄くできるのに分厚いままのレンズは像を歪《ゆが》ませ、深瀬の本来の顔立ちを――表情までも隠してしまう。

でも、それでよかった。深瀬にとってこの眼鏡は、己を守るための盾《たて》だったからだ。

深瀬は知っている。この世界が獣だらけに見えているのは深瀬だけ。たとえばヒバリたちの目には、グリズリーもガゼルも普通の人間に見えている。

――僕にもこの獣たちが人に見えればよかったのに。

仕方ないから深瀬は瓶底眼鏡と厚い前髪の下にすべてを封じ、『普通』に擬態する。

大丈夫。これまでだってなんとかなってきた。これからもなんとかなる。なんとか――なるよね？

吊革に摑まると、深瀬は窓の外に広がる青い空を見つめた。不愉快な現実を頭の中から追い出し、いつものように海を想い描く。

足裏を灼《や》く熱い砂。生活のことなど忘れ、誰もいない浜辺で綺麗な貝を探してさまよい歩く。脳髄まで溶けてしまいそうな強烈な陽射しを浴びながら。

段々と気持ちが落ち着いてくる。

だがすぐ電車がホームに滑りこみ青空は見えなくなってしまった。扉が開き、鳥獣戯画《ちょうじゅうぎが》のように獣や鳥が押し合いへし合い乗りこんでくる。隣の吊革に鉤爪《かぎづめ》を引っかけたのはよりによって獅子《ライオン》で、深瀬の顔から血の気が引いた。

硬い毛の密集した軀が半身に押しつけられれば、軀が竦《すく》む。触りたくて触っているわけではないのに残忍な光をたたえた双眸《そうぼう》に睨《ね》めつけられ、呼吸まで苦しくなってきた。

怖い。

おまけに混雑が不快なのだろう、グリズリーも隣でぐるぐると唸《うな》り始める。

視界がゆらゆら揺れる。軀が前のめりになってゆく。

どうしよう。あと一駅あるのに保《も》ちそうにない。

——そう思った時だった。ぐいと上腕が摑《つか》まれ、軀が支えられた。

「大丈夫か?」

反射的に顔を上げ、深瀬は瞠目《どうもく》する。

普通の『人間』、だ。

ワイシャツ越しでもわかる引き締まった体軀に、男らしく整った顔立ち。闇夜のような瞳が心配そうに翳《かげ》っている。

「あ……、柚子崎《ゆずさき》さん……？」

その男を深瀬は知っていた。同じ会社の同じ部署に勤めているからだ。この男だけはどういうわけか初めて会った時から人間の姿をしていたから気になっていたのだけれど、あんまりにも隙のない容姿に気後れして数えるほどしか言葉を交わしたことがない。

柚子崎から漂ってくるベビーパウダーのような甘い匂いに、強張《こわば》っていた気持ちが緩む。

気遣いに満ちた声が耳元で聞こえた。

「気分が悪そうだな。貧血か？　朝食はとってきたのか？」

動物に囲まれパニックになったのだとは言えず、深瀬はきょときょとと視線をさまよわせた。

「えっ、あの、はい。すみません、酔ったんだと思います」

「なるほど。駅まで保ちそうか？」

距離が近い。揺れた拍子に柚子崎に抱きつくような形になってしまい、深瀬は慌てる。

「だっ、大丈夫です！　ありがとうございます。だから、あの、離してください……？」

さっきまで深瀬を嘲《あざけ》っていたヒバリたちがうっとりと柚子崎の顔を凝視しているのに気づき、深瀬はちいさくもがいた。柚子崎のように容姿の整った男と並んでいることがやけに気恥ずかしく思えたのだ。

「とても大丈夫なようには見えないな。いいから黙って寄りかかっていろ」

車体が揺れたせいでますますしっかりと抱えられてしまった深瀬は真っ赤になって身を縮める。

「あ、す、すみません……」

踏切の音が近づき、遠のいてゆく。

服ごしに柚子崎の体温まで感じてしまったせいで脈拍がまた加速し始めた。

支える腕に揺るぎはない。深瀬は瓶底眼鏡の下、潤んだ目を伏せる。

＋　＋　＋

「先日のお礼です。口に合わなかったらごめんなさい。中身はピクルスです。深瀬──と」

電車での邂逅《かいこう》の翌日、深瀬はメモと一緒に瓶詰めのピクルスを柚子崎のデスクに置いた。透明なガラス越しに見える赤や白、緑の野菜が目にもおいしそうだ。朝早い時間なのでフロアには他に誰もいない。

深瀬が勤めているのは都心の特許事務所である。所属は外国部、メーカーの依頼を受けて法律文書としての適切な形式・内容に整え、外国の特許庁に提出するのが仕事だ。当然内容が理解できるだけの専門的知識と翻訳ができるだけの英語力が必要とされ、深瀬は大学でも前職でも扱ってきた化学に関する特許を専門としている。

高いレベルを求められるしプレッシャーも大きいけれど、給料はいい。一応は年棒制だが、件数を多くこなせばその分もボーナスという形できちんと支給される。まだ挑戦中だが、弁理士資格を獲得すれば馬鹿にならない手当もつく。

柚子崎はすでに弁理士で、陰でスパダリとあだ名されていた。

スパダリ。スーパーダーリン。高身長、高収入、高学歴で、優しくて包容力のある、理想の恋人――あるいは旦那さまになりそうな男。

実際、柚子崎はいい男だった。

闇夜のような黒髪を後ろに流して額《ひたい》を出しているのだけれど、ふとした拍子に額にかかる前髪になんとも言えない艶がある。

女性陣の視線を独り占《ひとりじ》めにしているのにやっかまれないのは、仕事ができるからだ。わからないことがあると、皆、上司ではなく柚子崎に聞きに行く。担当でもないのに接待に引っ張り出されるのが多いのは、語学力の高さと、客を完璧にエスコートできる手際のよさを買われてのことだ。つきあったら五つ星ホテルのバーやクルージングディナーに連れていってくれそうだと、女性陣は競ってアプローチしているらしい。柚子崎のようないい男に生まれず幸運だったと深瀬は秘かに胸を撫で下ろしている。

一方で深瀬はといえば他者との接触を極力避け、息を潜めるようにして生きてきた。今の職についたのもあまり人と接さずに済むからだ。国内部と違い外国部の案件はすでに日本で一度出願をしているから、内容はほぼ固まっている。クライアントとのやりとりはメールや電話で事足りる場合が多く、直接会う必要は滅多にない。作業に集中できるように席はパーティションで区切られていて人の視線も気にならない。深瀬にこれ以上ないほど向いた環境である。

それに、ここにはもう一人『人間』がいる。

深瀬にとっては驚くべきことだった。『人間』は大変稀少で、これまで出会った全部を合わせても十人ほどしかいないのだ。

——好きって言ってたけど、彼は喜んでくれるだろうか。

深瀬はもう一つ持っていた瓶を別のブースに鎮座するデスクに置いた。今度はメモはつけない。置いておくと、メールを送ってあるからだ。

自分のブースに戻りつつ、深瀬はスマホを開けてみる。期待していた返信はない。

＋　＋　＋

冷水を浴びたような気分だった。

「あの、それって辞めろということですか……？　待ってください。どうしていきなり？」

長机の向こうには深瀬の上司――チベットスナギツネが座っている。そのまなざしは凍てつき、情の欠片も感じられない。

深瀬は必死に腹に力を入れ、この思わぬ事態を理解しようと努める。

「あー、先日もN社の件でミスがあったと報告があがっているし……」

「納品前に気づかなかったのは確かに不注意でしたが、提出前に修正済みです。それにその程度のミスで辞めろと言うなら、先にクビにならなきゃならない人がなん人もいますよね？」

もう二年、深瀬はこの特許事務所で働いていた。順風満帆《じゅんぷうまんぱん》とはいえないまでもそれなりにうまくやってきたつもりである。退職をほのめかされるなんて、納得がいかない。

「……それに協調性に欠けているとも聞いている」

――！

頭の中が真っ白になった。

深瀬は誰とも交わろうとしない。見た目も浮いている。

ふっと潤んだ大きな瞳が脳裏に浮かんだ。口にしないだけで皆、あのガゼルのように深瀬を疎んじていたのだろうか。

「あ……赤倉《あかくら》先生はなんとおっしゃっているんですか？」

赤倉は、この会社の経営に関わるパートナーだ。人一人辞めさせようとしているのだから、話くらいは聞いているに違いない。

だが、縋《すが》るような思いで口にした名前は、恐ろしい痛打となって返ってきた。

「先生が、君はこの仕事に向いてないと判断されたんだよ。君、なにか先生の機嫌を損ねることをしたんじゃないのかね……？」

瓶底眼鏡が、蛍光灯の光を反射し白く光る。

――赤倉。三人目の『人間』。深瀬にとって特別な存在。

人当たりがよくて、彫りの深い顔立ちが外国俳優に似ている。髪には白いものが交じり始めているけれど、がっしりとした体軀はいまだ衰えを見せない。立ち居振る舞いも洗練されており、女性の扱いに長《た》けている。――これと思った男性の扱いも。

どうして。

ゴミ箱で見つけた、蓋《ふた》を開けた様子もないピクルスの瓶が脳裏に浮かぶ。今の今までメールを見なかったのだと思っていた。――ううん、違う。見なかったのだろうと思おうとしていたのだけれど。

深瀬は長机の下で己の膚《はだ》に爪を立てる。

――こんなの、あんまりだ。

ぷつりと深瀬の中でなにかが切れた。無言で立ち上がると、上司の目に初めて動揺が走る。

「深瀬くん？　話はまだ途中だぞ。どこへ行く気だ？」

かまわずミーティングルームを出て足早に廊下を突き進む。オフィスのドアを開けると、勢いよく開いたドアの音に近くの動物たちが目を上げた。わざわざ立ち上がってパーティションから顔を出すのもいる。

四方八方から突き刺さる人間に非《あら》ざるものたちの視線に、深瀬は身震いした。

人間とは違う無機質な瞳に見つめられると膚が粟立《あわだ》つ。だから深瀬は注目を集めないようにいつも俯き、縮こまって生きてきた。

でももう、どうでもいい。

つかつかとフロアの奥に位置するブースへと突撃する。足音が聞こえたのだろう、パソコンに向かっていた赤倉が大儀そうに顔を上げた。目が合った刹那《せつな》に過《よ》ぎった苦々しい色に深瀬は察する。本当にこの男が自分を解雇させようとしているのだと。

「クビって、どういうことなんですか、赤倉先生」

不穏な単語に同僚たちが聞き耳を立てたのが気配でわかった。

「その話か。ここではなんだから、ミーティングルームに……」

「いいえ。ここでお聞きしたいです。皆にとっても有益な情報でしょう？　僕だったら知りたい。自分の勤め先が、どんなくだらない理由で社員を切り捨てるのか」

赤倉の顔に赤みが差す。

「やめたまえ。これは君の問題で――」

「僕の問題？　違いますよね」

厚みのある前髪の下、瓶底眼鏡の奥で深瀬の瞳が爛々《らんらん》と光を放った。怒りとも哀しみともつかない感情が爆発する。

「散々人の軀を好きにしておいてっ、ふざけんな、このクソ狸《だぬき》が！」

デスクの上に積み上げられていたファイルの山が崩れ、床に書類が散らばった。

「僕に手を出したのは、男なら後腐れなく遊べるからか⁉　クビにしてしまえば、厄介払いできると思ったのか！」

――貴重な『人間《仲間》』だと思っていた。だからなんだって許したのに。

甲高《かんだか》い悲鳴があがる。

摑みかかった深瀬を、赤倉が殴った。

気がつくと、深瀬はパーティションをなぎ倒し、冷たい床に倒れていた。殴られた左の頰骨《ほおぼね》が脈打っている。

赤倉が拳《こぶし》を握りしめ憤然と歩み寄ってくる。分厚いレンズ越しに見る景色はぐるぐると回って定まらない。起きあがろうとするも視界はどんどん暗くなってゆき――記憶はそこで途切れている。

＋　＋　＋

目覚めると知らない部屋にいた。

運ばれてきたばかりらしく、ちょうど深瀬の眼鏡を外そうとしていたアルパカと目が合い、反射的に後退る。

慌てて起き上がろうとすると、誰かが肩を押さえた。

「落ち着け。ここは病院だ」

男らしくごつごつとした手の持ち主を見上げ、深瀬は唇を引き結ぶ。

また柚子崎だ。

恐らく心配して付き添ってくれたのだろう。感謝すべきなのに、柚子崎の笑みは深瀬の目にひどく傲慢《ごうまん》に映った。このどこをとっても完璧な男には、きっと深瀬のように理不尽な目に遭わされたことなどないに違いない。

「意識が戻ってよかった」

「気分はどう？　吐き気や眩暈《めまい》はない？」

白衣を羽織《はお》ったカピバラとアルパカは看護師と医師なのだろうか。

「大丈夫、です。あの、すみません、僕……帰ります」

「帰るな」

強い語調に薄い肩がひくりと揺れた。怒ったような声が怖かった。

「おまえは赤倉先生に殴られて気を失ったんだ。ここは裏の病院だ。ちゃんと診《み》てもらっておけ。もし訴えるつもりなら、診断書が必要になる」

そんなこと考えてもいなかった深瀬はぎょっとした。

「う、う、訴えるなんて……」

「クビにされそうになっているのになにを甘いことを言ってるんだ？」

冷たい氷の刃《やいば》で、胸を刺し貫かれたような気がした。

——そうだ、深瀬は赤倉に打ち捨てられたのだ。

俯く深瀬の脚の上に、黒いデイパックがどさりと置かれる。

「保険証が入っているかもしれないと思って持ってきておいた。今日はもう会社には戻らない方がいいだろう。俺もコアタイムが終わったらすぐ退社してここに戻ってくるから、診察が終わったら帰らずに待合室で待っていろ」

「え……え？」

深瀬と柚子崎は別に仲がいいわけではない。それなのになぜ柚子崎は当たり前のように待っていろだなんて命令するのだろう。

柚子崎がくしゃくしゃになっていたらしい深瀬の髪を乱暴に指で梳《す》く。

「晩飯くらい奢《おご》ってやる。わかったな」

深瀬は触れられた頭を押さえた。偉そうなのに優しい声に顔がじわじわと赤くなる。

柚子崎は次いで医療スタッフに頭を下げた。

「では先生、彼をお願いします」

急ぎ足に部屋を出ていく長身を呆然と見送る深瀬のもとに、人のよさそうな顔をしたアルパカとカピバラが寄ってきて問診を始める。頭を打って一時《いちじ》であれ意識を失ったことと後日診断書が必要になるかもしれないと聞いたからか、検査や処置は丁寧で時間がかかった。

全部終えると、深瀬はデイパックを膝《ひざ》の上に抱え、待合室のソファの隅に座った。柚子崎が戻ってくるのをぼんやりと待つ。別に指示に従う必要はないが、柚子崎は深瀬にここまで付き添い、荷物まで運んでくれたらしい。無視して帰るのは不人情な気がした。

――それに柚子崎は『人間』だった。今や、唯一の。

「深瀬、待たせたな」

時計の長針が一周する頃、ビジネスバッグを持った柚子崎が再び現れた。受付のスタッフに軽く会釈《えしゃく》して大股《おおまた》に近づいてくる。雑誌を読んでいた女性がちらりと柚子崎を見て、二度見した。

「結果は？」

「……頭の方は問題ないそうです。顔と肩に打ち身があるけれど、これも大したことないと言われました」

「大きな怪我がなくてよかった」

隣に腰かけた柚子崎に微笑《ほほえ》みかけられ、深瀬はそわそわとデイパックを抱え直す。

「さて、行くか。一駅分くらい歩くが、目の前で焼いてくれるうまい焼鳥屋がある。どうだ？」

「あ……すみません、できれば、個室が……」

獣に囲まれた環境では食事を楽しめない。気を悪くするかと思いきや、柚子崎はあっさり頷いた。

「いいだろう。ではこっちだ」

立ち上がり颯爽《さっそう》と歩きだした柚子崎の後を追いながら、深瀬はデイパックを背負う。妙な心持ちだった。女の子にもてはやされ、皆に慕われている柚子崎と一緒に食事をしようとしているなんて。

連れていかれた店は開店したばかりらしく、静かだった。脱いだ靴を下駄箱にしまうと、着物を着たスズメの店員が無人の個室がずらりと並ぶ廊下の奥へと先導してくれる。個室は入り口の木戸を閉めると完全に他と切り離され、料理を運ぶ店員以外に煩《わずら》わされることはない。

「ビールでいいか？　烏龍茶《ウーロンチャ》にしておくか？」

「……飲みたいので、ビールで」

柚子崎が備えつけのタブレットで注文するのを、深瀬はまじまじと見つめた。外食を極力避けてきた深瀬はこんなシステムがあるのを知らなかった。

「おまえが気を失ったのを見て、赤倉先生、青くなっていたぞ。ついでに病院から戻った時に、警察沙汰になるかもしれないと脅《おど》しておいた。すこしは頭も冷えただろう」

「僕、どれくらい気を失っていたんですか？」

「すぐに病院に運んだから、十五分くらいか」

待たされることなくジョッキが運ばれてくる。怪我をした後だから本当は控えた方がいいのだろうが、深瀬は重いジョッキを両手で支えて口に運んだ。

飲みにくい炭酸を無理矢理飲み下してジョッキをテーブルに戻すと、柚子崎が待っていたかのように口を開く。

「本当に赤倉先生とつきあっていたのか？」

かあっと軀が熱くなったが、柚子崎はこれを聞くために深瀬をここに連れてきたのに違いなかった。それに赤倉は己の立場を守るため嘘を言いふらすに違いない。一人くらい本当のことを知っている人間がいた方がいい。

「……はい」

「なんでまた」

柚子崎の『なんでまた』に、同性愛者に対する嫌悪は感じられなかった。ただ、『なんであんなろくでもない男に引っかかってしまったのか』が不思議でたまらないという風に聞こえた。

「入社したばかりで右も左もわからない時に色々気遣ってくださいましたし、……僕のこと、可愛いって……」

納会の後だった。赤倉と深瀬は二次会に行く面々とはぐれ二人きりになってしまった。飲み足りないと言う赤倉にお供して深瀬もバーに入った。

赤倉は一杯だけ飲んで帰るつもりだったようだし、深瀬も赤倉をタクシーに乗せれば終わりだと思っていた。でも、唐揚げに添えられていたレモンを搾《しぼ》ったら果汁がレンズに飛んだ。瓶底眼鏡を外して汚れを拭いていてふと気がつくと、赤倉の顔がすぐ近くにあった。

「それで可愛いって言われて寝てしまったのか？　――深瀬、おまえちょろすぎるだろ」

深瀬は唇を噛んだ。そうかもしれないけれど、赤倉は『人間』だったのだ。

「柚子崎さんは、人を好きになったこと、ありますか？」

唐突な問いに、柚子崎が首を傾《かし》げる。

「うん？　それは、まあ……」

「どんなきっかけで好きになったんですか？」

柚子崎の視線が、木目の浮いたテーブルの上に落ちた。好きな子の記憶を追っているのだろう、和らいだ表情に深瀬の胸がちくりと痛む。この男の好意を得た女性はきっと誰より幸せだったに違いない。

「泣き顔を見たこと、だな。不細工なところが可愛くて、きゅんときた」

「それはちょろくないんですか？」

突っこまれ、柚子崎がふっと笑う。

「はは、そうだな、ちょろかったかもしれない。恋に落ちる時なんてそんなものなのかもしれないな。けなして悪かった。だが、知らないわけじゃないだろ？　赤倉先生の手の早さを」

「……そうですね。今は事務の新人の攻略に夢中みたいですし」

「知ってたのか」

「メールの返事がこないし、社内で会っても目も合わせてくれなくなりましたから」

今日の騒ぎで赤倉がどんな人間かあの女の子が気づけばいいと考えてしまう深瀬はきっと意地が悪い。

「それであんな仕返しをしたのか？」

「いいえ」

柚子崎は、深瀬が赤倉に恋をしていたと思っているのだろう。確かに深瀬は赤倉に対して好意を抱いていたが、それは柚子崎が思っているのとすこし違った。

深瀬は人膚が恋しかっただけ。さすがに獣とは寝られなかったから赤倉の誘いに乗っただけで、恋じゃない。

それなのにじわりと涙が浮いてきて、深瀬は瞬《またた》く。

「別にそんなことは気にしてませんでした。長続きするわけないって最初から思ってましたし、一言言ってさえくれればさよならしてあげるつもりだったんです。でも、あの人は踏むべき手順をすっ飛ばして、僕を解雇しようとした」

優しくしてさえくれれば深瀬にそれ以上を求めるつもりはなかった。

でも、赤倉は深瀬が孤独なのに感づいていた。他に誰もいない深瀬が簡単に自分を諦めるとは思わなかったのだろう。しつこくつきまとったり、新しい愛人との仲を邪魔したりするに違いないと決めつけ排除しようとした。

深瀬は赤倉に、そういうことをしそうな人間だと思われていたのだ。

「色々考えたらなんだか頭に来て、ご期待に添ってあげなきゃって」

「気持ちはわかるが、利口な振る舞いじゃなかったな。うまくやれば退職を回避できたかもしれないのに、今や会社中が深瀬と赤倉の関係を知っている」

深瀬は卓上を見つめた。

自分がどうしようもなく馬鹿で哀れな生き物のように思えた。

「別にもう、どうだっていいです……」

仕事だけは頑張っていたつもりだった。赤倉とのつきあいも控えめに徹し、自分からなにかをねだったことなどない。それでもこんな風に扱われるなら、深瀬にはもうどうしたらいいのかわからない。

「失恋くらいで自暴自棄になるな。そら、飲め。ボトルでも取るか？」

「白がいいです」

「いいぞ。好きなワインを選べ」

タブレットを手に真剣にワインの説明文を読む深瀬の瓶底眼鏡に、上着を脱ぐ柚子崎の姿が映る。

壁に寄りかかってネクタイの結び目に指を入れ、緩めたついでに一番上のボタンを外す仕草の男らしさに、深瀬は知らず知らずのうちに見入っていた。

我が社随一のスパダリ。

夜景を眺めながらブランデーグラスを傾けるのこそ似合いそうないい男が、ありふれた居酒屋チェーン店で空になったジョッキをテーブルの端に寄せている。

この男とこんな夜を過ごすのはきっと今夜が最初で最後だろう。笑えるゴシップを提供した分、しっかり自棄酒《やけざけ》につきあってもらおうと、深瀬はタブレットの画面を押した。

＋　＋　＋

笑う子供らの声がする。それはまるで鈴を転がすよう。あるいは泡が弾けるよう。

幸せの象徴のような声に誘われ、深瀬はゆるゆると眠りの淵《ふち》から身を起こす。

瞼《まぶた》を開けると、世界は光で溢《あふ》れていた。

「う……ん」

――これは、どういう状況だろう。

すぐ目の前に男が眠っている。朝の白い陽差しのせいだろうか、寝顔にはどこか宗教画めいた美しさがあった。完璧な曲線を描いている眉を指先でなぞろうと手を近づけ、深瀬は寸前で思い止まる。

乱れた前髪が額にかかり顎《あご》に髭《ひげ》が浮き始めているが、これは柚子崎だ。

深瀬はバネ仕掛けの人形のように勢いよく起き上がった。わたわたとあたりを手で探る。ぼやける視界に難儀しつつも見つけ出した瓶底眼鏡を装着し、弦《つる》を押さえたまま改めて見てみた柚子崎は服を着ていないように見えた。少なくとも、薄い上がけから出ている部分にはなにも纏《まと》っていない。

そして深瀬も全裸だった。しかも軀の芯に違和感が残っている。昨夜男を受け入れた証だ。

「――な、な、な、なんで⁉」

深瀬は小声で自問自答する。経緯がまったく思い出せない。

「――ええと――つまり――さすがスパダリ？」

傷心の自分はぱくりといただかれてしまったのだろうか？

「い、いやいやいや、この人が僕なんかに食指《しょくし》を動かすわけないよね。僕が誘ったのかも……」

その方がまだありえる気がした。

セックスは好きだ。それなのに、深瀬が寝られる相手は極めて少ない。

ぶつぶつと呟《つぶや》きながら、深瀬は脇でくしゃくしゃになっていたタオルケットを引き寄せ頭からくるまる。和室には下着はおろか、着ていたはずのスーツもワイシャツも見当たらない。まるでお化けのような姿であるが、視界が狭《せば》まるとすこし気分が落ち着く。

ここはどこなんだろう。

子供の声はまだ聞こえている。

深瀬は卵色のタオルケットの裾《すそ》を引きずりつつ和室を横切った。障子《しょうじ》を細く開けてみる。

「あ……」

子供時代、夏を過ごした海辺に広がっていたのと同じ真っ青な空。きらきらと輝く水滴。土の匂いに、瑞々《みずみず》しい緑が眩《まぶ》しい。

縁側の向こう、広い庭の真ん中に菜園があった。

つばの広い麦わら帽子をかぶった子犬が水の出ているホースをくわえて畝《うね》の間を走っている。もう一匹、もっとちいさな子犬が後を追ってはしゃいでいた。

深瀬は静かに障子を閉めると瓶底眼鏡を外して目を擦《こす》った。

どこの田舎なんだろう、ここは。

深瀬は改めて背後を振り返る。八畳の畳《たたみ》が敷き詰められた和室は、旅館のようには見えなかった。布団が敷いてない側の壁際には大きな木の机が据えられ、判例集やノートパソコン、プリンターが置いてある。どうやら柚子崎の部屋らしいが、それならばあの子供たちはなんなのだろう。

考えていると、今度は泣き声が聞こえてきた。深瀬は足音を忍ばせ、反対側の襖《ふすま》の外を覗きにゆく。左右に伸びる廊下の一方は勝手口になっているようで、一段下りたところにサンダルが置いてあった。もう一方は腰ほどの高さの木戸で行く手を遮られている。泣き声はその向こうから聞こえてくるようだ。たん、と時々木戸が揺れるのは、向こう側から叩《たた》いてでもいるのだろうか。

深瀬は瓶底眼鏡のブリッジを押し上げ、恐る恐る木戸に近づいた。勝手に家の中をうろつくのは気が引けるけれど、ちいさな子供が泣いているのに放ってはおけない。

木戸の向こうへと身を乗り出してみると、生後間もない子犬がいた。セーラーカラーのついたロンパースの下におむつをつけているらしい、お尻がぱつんぱつんに膨《ふく》らんでいる。

赤ちゃん犬は泣くのを止めてそっくり返って深瀬を見上げたが、求めている人と違うとわかるとまたすぐうええと泣きだした。

どどど、どうしたらいいのだろう。

「ええと、泣かないで……？」

だっこするべきだろうかと悩みつつ桟《さん》を外して木戸を開ける。すると赤ちゃん犬がはいはいで、深瀬の足の間をくぐり抜けた。

「え……ちょ、待って……」

慌《あわ》てて振り返ると、タオルケットの裾の中をぽこんとした膨らみが移動してゆく。端まで達すると、耳をぺたりと後ろに倒した赤ちゃん犬が現れ、柚子崎が寝ている和室へと突進していった。

木戸を閉めてから急いで戻ると、赤ちゃん犬は柚子崎の顔によじ登っていた。

「んー、いつきか。もうすこし寝かせろ……」

筋肉質な腕がのろのろと動き、赤ちゃん犬を顔から剝《は》がそうとする。怠そうな姿は、休日の朝、子供に叩き起こされるパパそのものだ。

「あ……っ、柚子崎さん、子持ちだったんですか……っ?」

「いやこれは弟………ん?」

ぱたぱた振られるしっぽの下に、眠そうな目が覗いた。むくりと起き上がった柚子崎の膚の上を上がけが滑り落ちてゆく。思った通り柚子崎は全裸で、深瀬はぱっと目を逸らした。決してなんていい軀をしているんだろうと、瓶底眼鏡の陰で見蕩れたりしていない。

布団の上に胡座《あぐら》をかき赤ちゃん犬を膝の上に乗せると、柚子崎はぐるりと周囲を見回した。それから俯き、片手で顔を覆うようにして擦る。

「……すまん。全然思い出せないんだが、昨夜、俺たちは——したのか?」

深瀬はそわそわとタオルケットの端をいじった。

「僕も全然記憶がないんですけど——多分。……あの、すみません」

しばらく沈黙が続いた末、固まっていた柚子崎の肩が落ちた。

「悪い……責任は、取る」

「ええ⁉　あの、いいですいいです。僕は女の子じゃないんですし、責任なんて。むしろ、こんなことになったのは僕に責任があるのかもしれないですし……っていうか、その可能性の方がよっぽど高いですし……あの、すみません……」

どんどん声のトーンが下がってゆく。最終的にその場にうずくまってしまったタオルケットお化けがおかしかったのだろう、柚子崎がくすりと笑った。

――やっぱり、スパダリだ。

こんな場合だというのに、目を奪われる。雄《おす》のフェロモンが匂い立つようだ。ただし柚子崎の片手は膝の上でむずかるちいさな弟の背中をぽんぽんしていたが。

「ここは柚子崎さんの家、ですか？」

目深にかぶったタオルケットの陰で深瀬は瓶底眼鏡の位置を直す。

「ああ、そうだ」

「僕の服が、見当たらないんですけど」

覚えていないのだろう、柚子崎は首を傾げたものの、すぐ立ち上がった。

「ちょっと待っててくれ」

「え……えっ⁉」

ひょいと抱いていた子を差し出されて、うっかり受け取ってしまった深瀬は固まった。柚子崎を見つけて安心したのか赤ちゃん犬はもう泣いておらず、きょとんと深瀬を見つめている。無垢《むく》な眼差しがなんだか眩しい。

「こ……こんにちは」

深瀬はとりあえず赤ちゃん犬を膝の上に下ろしてぎこちなく抱えた。

瓶底眼鏡が興味深いのか、赤ちゃん犬がじいっと見つめてくる。なんとなく深瀬も視線を外せなくて見合っていると、柚子崎が戻ってきた。

「深瀬。服は見つけたが、クリーニングに出さないと駄目だ、あれは。悪いがこれを着てくれ」

出入り口の他にもう一ヶ所あった襖を開ける。中は押し入れとなっており、突っ張り棒や衣装ケースでクロゼットに改造されていた。赤ちゃんを布団の上に下ろして、差し出された未開封の下着とだぼっとしたTシャツ、それから膝まで届いてしまう白いショートパンツを受け取り、深瀬はタオルケットの下でもそもそと着こむ。

「すみません、ありがとうございます」

「いや……」

深瀬もそうだが、柚子崎も己の置かれた状況を呑《の》みこみかねているのだろう、決まり悪そうに頭を掻くと、シンプルなシャツとジーンズに着替え弟を抱き上げた。

「色々考えるのは後にして、とりあえず朝飯にしよう。こっちだ」

廊下に出た柚子崎に深瀬は素直についてゆく。改めて開けられた木戸の向こうには、手前側と同じように廊下が続いていた。

味噌汁のいい匂いが鼻を擽《くすぐ》る。襖が開け放たれているすぐ左手の部屋から流れてきているようだ。

「おはよう」

柚子崎が部屋に入ってゆく。続いて踏みこんだ深瀬は、予想外の光景に立ち竦んだ。

子犬だらけだ。

大小様々な犬が一斉にしっぽをふりふり柚子崎に群がっている。

子犬は犬種が同じらしく、皆黒っぽい毛並みをしていたけれど、シベリアンハスキーと豆柴らしいのも一匹ずつ交じっていた。全部人間なのか、本物の犬も交じっているのか、深瀬には見分けがつかない。

「おはよう、孝兄《たかにい》」

「たかにー、おそーい。もう十時だよ」

「にいに、おねぼうさんっ!」

擦り寄る子犬の頭を、柚子崎は赤ちゃん犬を抱いていない方の手でわしゃわしゃと掻き混ぜる。

「悪い、昨夜飲みすぎてな」

「飲みすぎてなじゃないだろ、まったく。遅くまで連絡もしないで」

「反省してるよ。それより皆、お客さんに挨拶《あいさつ》は」

柚子崎の一声に、黒っぽい子犬たちが一斉に躯の向きを変えた。

「おはようございます！」

綺麗に声の揃った挨拶に、深瀬も思わず頭を下げる。

「お、おはようございます。昨夜は突然お邪魔してすみませんでした。柚子崎さんの同僚の、深瀬と申します。あの……よろしく」

あ！と誰かがちいさな声をあげた。

「おめーがあのフカセか」

「……え？」

己を知っているかのような台詞に、深瀬は戸惑う。

「あの、って？　え？」

「なるほどねー」

「朝ご飯にしようぜ、腹減った」

「深瀬さんの席、ここね」

「ええ……？」

釈然としないながらも示された座布団に腰を下ろす。柚子崎も隣に腰を下ろした。

「大勢いて、びっくりしたろ」

悪戯《いたずら》っぽく笑う柚子崎は、あうあうとわけのわからない声をあげシャツを握り締める赤ちゃん

犬に手際よく前かけをつけようとしている。

「はい。あの、この子たちは……?」

「全部、俺の弟だ」

「ええ!?」

深瀬はわらわらと部屋の中を動き回る子犬たちを見渡した。シベリアンハスキーと豆柴は皆が挨拶している間知らん顔していたからきっと本物の犬なのだろう。残りの黒っぽい子犬は全部で八匹。大人は柚子崎だけだ。両親の姿がないのが気になるけれどこみ入った事情があるのかもしれないし、子犬の前で触れるのは控える。

おろおろとしていると、ふくらはぎをなにかがするりと撫でた。ひゃっと叫んで腰を浮かせると、長毛種でもっふもふ、優美な姿の白猫が柚子崎の前にちょこんと座って膝に乗りたいと主張している。

「ええと、この子は——?」

「ああ、こいつもうちの飼い猫だ。名前はミルク。——こら、これからいつきにご飯食べさせなきゃならないんだ、おまえは後でだ」

前肢をミルクへと伸ばしきゅんきゅん泣いている赤ちゃん犬を片腕で押さえ、柚子崎は猫を深瀬の膝の上に乗せる。なあんと抗議の声をあげたもののミルクは大人しく丸くなり、ふかふかの毛を撫でるのを許してくれた。

二つくっつけた座卓の前に、子犬たちがずらりと並びお座りする。

「よし、では、いただきます」

「いただきます！」

柚子崎の号令を合図にたくさんの子犬が一斉に朝食を食べ始めた。

柚子崎も箸《はし》を口に運んではいるけれど、膝の上に抱いている赤ちゃん犬に食べさせながらなのでペースはごく緩やかだ。口の周りについた卵焼きをスプーンで拭ってやる姿はスパダリのイメージからほど遠い。でも、今の柚子崎も――ううん、今の柚子崎の方が魅力的だと深瀬は思った。

「遠慮せずに食べろ。油断していると取られるぞ」

「は、はい……」

焼き鮭《さけ》は脂《あぶら》がのっていてジューシーだった。大きな出汁巻《だしま》き卵はふわふわ、山盛りのモヤシのナムルはラー油《ゆ》が利いていて食欲をそそる。量が多いけれど、ここにいるのは育ち盛りの男の子ばかりだ。綺麗に平らげたどころか、お代わりに立ち始める。

「深瀬さん、お代わりは？」

一番軀の大きい子犬に声をかけられ、深瀬は慌てて首を振った。

「大丈夫です。むしろ食べきれないかもしれません。……それよりあの、皆さんは僕を知っていたんですか？」

子犬たちの視線が意味ありげに交わされた。

「ああ、兄貴がよく言ってたからな。職場にすんごい頼りない奴がいるって」

「こら、空冬《そらと》！　よけいなこと言うな、孝兄が困るだろ」

「別にいいだろ。本当なんだからよ」

「柚子崎さん……？　どういうことですか……？」

柚子崎は苦笑している。その膝の上では赤ちゃん犬があーと口を開け、離乳食を入れられるのを待っている。

「確かにフカセって司堂兄《しどうにい》や一信兄《かずのぶにい》よりずっと年上のはずなのに、なんかひよひよしてるよな」

「ひ、ひよひよ……？」

司堂兄や一信兄というのは、子犬の中でも大きな二匹のことらしかった。空冬と呼ばれた子犬が座卓の上に前肢を乗せ、身を乗り出す。

「なあ、その眼鏡。どこで買ってきたんだ？　ファッションのつもりかもしれねえが、悪目立ちするだけで全然似合ってねーぜ。俺がかっこいいやつ、見立ててやろっか？」

「こら、お客さんに対して失礼なこと言うな、空冬」

だんだんとわかってくる。つまり、この子たちは元から柚子崎に深瀬の話を聞いていて、それでこんなにも親しげなのだ。

「……そうですか……。柚子崎さんはずっと僕を、頼りないって思ってたんですね……」

だから電車の中で声をかけてくれた。殴られて失神したら病院に運び、話を聞いてくれた。頭を撫でた。きっと、柚子崎の中で深瀬は弟たちと同じ位置に置かれているのだ。

同僚なのに！

うなだれてしまった深瀬に気がついた子犬たちのちいさな耳としっぽが一斉にぴん！と立つ。

「あっ、誤解すんなよ。孝兄は別に深瀬さんを馬鹿にしてるわけじゃないぜ？　心配してんだ。孝兄はそういう奴をほっとけないから」

「ミルクもにいにがひろってきたんだよ！」

わあわあと騒ぐ子犬たちは数が多い上、サイズ以外そっくりで見分けがつかない。混乱しつつ深瀬は、膝の上で優雅にくつろぐ白猫を見下ろす。

「この猫も……？」

「孝英《たかひで》兄さんが、車に轢《ひ》かれて死にそうになってたところを拾ってきたんだ。司堂兄さんに、すでに七人も子供がいるのに面倒見きれるわけない、なに考えてるんだってすっごい怒られたんだよ？」

「その頃、まだいつきはいなかったからなー」

「でも、孝英兄さんってばちゃんと面倒見るからって司堂兄さんを説得して、ミルクをうちの子にしたんだ。……普通は司堂兄さんが拾ってきて、孝英兄さんが怒る役だよね」

「いや、あの頃うちの家事は司堂が仕切ってたから」

深瀬はなんとも言えない気持ちになった。兄のフォローをしているつもりなのかもしれないけれど、彼らの言っているのはつまり、柚子崎にとって深瀬は捨て猫と同列ということだ。

「こいつらも捨てられてたところを孝兄が見つけて拾ってきたんだ。多分豆柴のミックスの梵天《ぼんてん》丸《まる》と、シベリアンハスキーの小夏《こなつ》」

「——それに、顔も知らなかった弟八匹も、な」

——————え？

「伶《れい》！」

それまで黙って朝食に集中していた中くらいの子犬が吐き捨てた言葉に、その場の空気が奇妙に強張る。中くらいの子犬は兄犬の非難がましい声を無視し、綺麗になった茶碗をくわえ上げた。

「ごちそうさま。友達とプール行ってくる」

ものを口にくわえているのに支障なく話せるのは、きっと他の人の目には手で食器を持っているように見えているからだろう。とっとと台所へ入ってゆく子犬の背中に、誰かが文句を言う。

「片づけはどうするんだ。おまえの仕事だろう」

「兄貴が寝坊したせいで遅くなったんだから、兄貴がやればいいだろ」

尖《とが》った物言いをする弟の言い分を、柚子崎は鷹揚《おうよう》に許す。

「確かにそうだな。やっておくから遊びに行ってこい」

「兄貴、甘くね？」

「昨日夜遊びしてきたんだから、たまにはやるさ。おまえたちも部活があるんだろう？　食べたら気にせず行きなさい」

「ほーい」

腹一杯に朝食を詰めこみ終わった子犬たちが三三五五散ってゆく。赤ちゃん犬も別の子が首の後ろをくわえていった。子犬たちの部屋は二階にあるらしく、階段を行き来する足音がしばらく聞こえたけれど、やがて広い建物はしんと静まりかえる。

「弟たちが作った朝食、残すなよ、深瀬」

「……はい」

赤ちゃん犬の世話をしていたせいで、柚子崎の朝食はあまり減っていない。ようやく本腰を入れて食べ始めたのを見て、深瀬も料理をつつく。

「柚子崎さんにご兄弟がいらっしゃるなんて知りませんでした」

それどころか、柚子崎は一人暮らしをしているのだろうと思っていた。夜景が綺麗に見えるゴージャスな高層マンションの一室で独身貴族を気取り、美女を取っ替え引っ替えしている――そんな風に会社の女の子たちも思っている。もっとも、柚子崎が誰かのアプローチに応じたという話は聞いたことがなかったけれど。

「わざわざゴシップの種をまいて歩くことはないからな。あの子たちは皆、母親が違うんだ。和《かず》人《と》と和真《かずま》の二人だけは同じ胎《はら》だが、他は皆、この家に来るまで兄弟がいるなんて欠片《かけら》も知らずにいた。俺もだ」

滅茶苦茶な話に深瀬は唖然《あぜん》とした。

「いつもは所在不明の父がふらりと現れては置いてゆくんだ。一月《ひとつき》前、いつきを置いていかれた時は困った。まだおむつも取れない子の世話はしたことなかったしな」

「それって、酷くないですか？」

「そうだな。酷い」

そう呟くと、柚子崎はもやしのナムルをしゃくりと噛んだ。

「お母さまはどうなさってるんですか？」

「俺の母は別居中だ。浮気性の父の家になんて住むのも厭《いや》だと、実家に拠点を移してばりばり仕事をしている。——結婚前からずっと化粧品会社で働いているんだ。弟たちの母親については、あまり知らない」

「柚子崎さんは、それでいいんですか？　子供を八人も面倒見るのは大変でしょう？」

はは、と柚子崎は笑った。

「だが、弟だからな」

なに、それ。

目が眩むような怒りに襲われる。

子供を守り育てるのは親の務めなのに。

「そんなの、おかしいです！」

箸を握りしめたまま、前のめりになって力説する深瀬に、柚子崎は肩を竦めてみせた。

「そうだな。でも、他にしようがないんだ。うちの親は言ってわかるような相手じゃない。親に放擲《ほうてき》された子がどんなに傷つくか俺は知っている。騒ぎ立てて、あの子たちをこれ以上傷つけたくない」

深瀬だって知っている。子供にとって、無条件に慕い信じてきた親に捨てられるということが、どんなに傷つくことなのか。

後でいくら機嫌を取られたところで忘れられるものではない。かつてと同じように振る舞えるようになっても心の内側は荒廃したまま、もう無邪気に人を信じることなどできやしないのだ。

柚子崎は遠い過去を透かし見ようとするかのように目を眇《すが》めている。柚子崎も子供の頃に似たような扱いを受けたことがあるのだろうか。

「そんな顔をするな。それよりおまえは自分の心配をしろ」

「……僕の？」

「失業するかもしれないのになにを呆《ほう》けた顔をしている」

鮭の身をほぐしていた手が止まった。

「どうした？」

「……朝から色々と衝撃的すぎて、すっかり忘れてました……」

「案外大丈夫そうだな。ほら、漬け物も食べろ」

陶器の器《うつわ》にすこしだけ残っていた瓜《うり》の漬け物をご飯の上に載せられ、深瀬は茶碗を手に取った。ちょうどいい塩加減と小気味よい歯応えが失いかけていた食欲を蘇らせてくれ、深瀬は泣きたい気持ちごともりもりと白飯を頬張る。

「これからどうするつもりだ？」

深瀬は溜息をついた。

赤倉に謝罪して、会社に残るのが正解なのだと頭ではわかっている。今以上に条件のいい職場を見つけられるとは思えない。

でもきっと無理だし、もし残れたとしても赤倉やチベットスナギツネの乾ききった目を見るたびに深瀬は追体験させられるに違いなかった。昨日の怒りや惨《みじ》めな気分を。

柚子崎が味噌汁をぐいと飲み干し、席を立った。

「まあ、今日は土曜日だ。週明けまでゆっくり悩めばいい。確か深瀬は料理上手だったな。前もらったピクルス、とてもうまかった。昼飯を作るのも手伝ってくれると嬉しいが、帰るなら駅まで送ってゆく」

――柚子崎はあのピクルスをちゃんと食べてくれたんだ。

使った食器を台所へと運んでゆくのを見て、深瀬もわずかに残っていた料理を口に詰めこんだ。

「手伝います」

エプロンを借りて、柚子崎と一緒に桶《おけ》に浸けてあった茶碗を洗う。十人分ともなると結構な量で、洗っても洗っても終わらない。毎回これでは大変だ。

座卓まで綺麗に拭き終わると、柚子崎がほうじ茶を淹《い》れてくれた。赤ちゃん犬——いつきは、豆柴たちと遊んでいるらしい。機嫌のよさそうな声が縁側から聞こえてくる。

柚子崎と相談してメニューを決め、買い物リストを作成する。人数が多いから肉はキロ単位、野菜もとんでもない量に達した。

メインは鶏の唐揚げだ。

柚子崎に聞いたところ、この家では肉と言えば生姜《しょうが》焼き・焼き肉・しゃぶしゃぶらしい。スーパーでたまに唐揚げを買ってくると奪い合いになるくらい人気があるのに、一度火傷しかけてから は誰も揚げ物にチャレンジしようとしないのだと言う。それならば、揚げたてを用意すれば喜んでくれるに違いない。

鶏肉専門店で地鶏のもも肉を買ってくる。ブロイラーとはまるで違う弾力のある歯応えは譲れない。すこし値段は張るが、ここでは昨夜の迷惑料と主張し、深瀬が支払いをした。

家に帰ると生姜をたっぷり入れた醬油《しょうゆ》ベースの下味をつけて、しばらく寝かせる。他に皮ごとスティック状にカットしたジャガイモや輪切りにした玉葱《たまねぎ》も用意した。背後のテーブルでは柚子崎がスライサーで千切りキャベツを大量に生産してくれている。

やがて炊飯器からご飯の炊けるなんとも魅惑的な匂いが漂ってきて、柚子崎の腹がぐうと鳴った。

「……揚げ始めましょうか」

「そうだな」

鶏肉をじっくりと二度揚げする。柚子崎が全員分の皿をずらりと並べ、切ったキャベツを盛りつけてくれた。ボウルが空になるとプチトマトやツナが追加される。そうこうしている間に、帰宅した子供たちの声が聞こえてきた。

「あの、お手伝いすること、ありませんか？」

縁側で遊んでいた子犬の一匹が台所の入り口からおずおずと顔を覗かせる。普段から手伝いし慣れているらしく、しゃもじを渡すと炊きあがった白飯を上手に混ぜてくれた。しっかり蒸らしてから茶碗に盛り始めたところで他の子が現れ、盆で座卓へと運び始める。わかめと豆腐の味噌汁も同じように子犬たちが運んでくれた。

山盛りの鶏の唐揚げとポテトフライ、オニオンリングにキャベツを添えた皿が座卓の上に置かれると、おおとどよめきに似た歓声が上がる。

「やった！　唐揚げだ！」

「誰かレモンを持ってって添えてくれ。つまみ食いするなよ」

あっという間に食卓が整い皿に載りきらなかった分の唐揚げは、大皿に山と積まれ座卓の中央に置かれた。

食べ盛りの男の子たちの食欲は半端ない。いただきますと両手を合わせた次の瞬間、唐揚げが消え始める。

「熱っ、熱っ」

ちいさい子犬たちがはふはふしているさまは実に可愛いかった。年長の子犬たちは豪快に歯で食いちぎっている。

「なにこれ、フカセが作ったのか？　肉の味がいつものと全然違うんだけどっ」

「たまねぎあまーい」

唐揚げはいい出来だった。箸で割ると、ふわりと立ち上る湯気に眼鏡が曇る。外側はきつね色、カリッとしているのに中はふんわりジューシーで、生姜の味が利いていた。しっかりとした歯応えは理想通りだし、醤油の香りも香ばしい。

玉葱も衣はさくさくしているのに中身は蕩《とろ》けそうという絶妙な火の通り方で、味つけなどしなくとも甘かった。塩を振っただけのポテトはほくほくして食べ応えがある。さっぱりした千切りキャベツのおかげで無限に食べられそうだ。

特に運動部で活躍しているという二匹の食欲は凄まじく、ご飯をお代わりした上、先を争うようにして大皿に箸を伸ばしていた。

かなり多めに作ったつもりだった料理は瞬く間に跡形もなくなり、深瀬は狐に抓まれたような気分になる。

「おいしかったー」

「深瀬さん、ずっと家にいればいいのに」

料理はうまくできた。どの皿も舐《な》めたかのように綺麗になっているし、子犬たちの目の輝きは嘘偽りない。

「お粗末様です。……喜んでもらえて、よかったです……」

酷い目にあわされた後だからだろうか、作った料理を笑顔で平らげてくれた上においしいと言ってくれた、それだけで泣けてくるくらい嬉しくて、深瀬は縁側に逃げた。ゆったりとしたシャツの裾を両手で上下に揺らす。風を入れないと、熱くてたまらない。

彼らは獣。自分はあの輪の中には入れない。

ずっとそう思っていたのに、なんだろうこの軀の奥底から湧き上がってくる熱は——かつて知っていた、しあわせ、に似たふわふわとした感じは。

「なんだ、フカセ。鼻の頭が赤くなってんぞ」

「こら、空冬！」

からかいの言葉でさえ嬉しいと感じてしまう。

玄関の方から、じりりりりと古めかしいベルの音が聞こえてくる。来客に対応するため年かさの子犬が廊下に出てゆき、台所に一番に手伝いに来てくれた子が玄米茶《げんまいちゃ》を用意して皆に配り始めた。おいしい食事の余韻を楽しんでいるのだろうか、皆座敷を離れない。じゃれあったり仰向けに寝転がって腹を撫でたりしている。

玄関を見に行った子犬が柚子崎を呼ぶ声が聞こえた。

「孝兄！」

いつきの口元を拭いてやっていた柚子崎が動きを止める。子犬たちの耳も一斉に立ち上がった。

兄を呼ぶ弟の声は硬く、助けを求めるような響きがあった。

なんだろう。

深瀬は座敷を横切り、廊下を覗いてみる。この廊下は玄関まで一直線に続いており、それだけで状況が見て取れた。

しっぽを足の間に挟み怯えている子犬の後ろ姿が見えた。それから、客の姿も。

「ひ……っ」

暑かったはずなのに、一瞬で全身が粟立った。

飛び退いた拍子に足がもつれ、深瀬は尻餅をつく。

女の声が聞こえた。

「和真、和人、いるんでしょう？　いらっしゃい。一緒に帰りましょう？」

「ママだ……」

玄米茶を配っていた子犬が湯飲みを落とし、畳の上に茶が広がった。

柚子崎が赤ちゃん犬のいつきを座布団の上に下ろし、さっと立ち上がる。

「伶、いつきを頼む。司堂は和真の面倒を見てやってくれ。大雅《たいが》と空冬は、和人を廊下に出さな

「いよいように」

「わかった」

和人というのは、いつきの次にちいさな子犬の名前らしい。この子も今まで車のおもちゃで遊んでいたのを忘れたかのように、玄関の方を見つめている。微動だにしない横顔はよくできたぬいぐるみのようだ。

　司堂と呼ばれたおおきな子犬が、呆然としている子の鼻を舐めた。

「和真、ここを片づけないと」

「う……うん……」

　和人は耳を後ろに倒し、ぼんやりしている。

　廊下に出ていった柚子崎の声が聞こえた。

「またいらしたんですか」

「当たり前でしょう。私は和真と和人の母親なのよ。あの子たち、ここにいるんでしょう？　返してよ」

　客は同胎だという兄弟の母親らしい。それなのに柚子崎の態度は冷淡もいいところだった。

「一信、おまえも座敷に戻りなさい。大丈夫だ。あの子たちを渡したりはしないから」

　深瀬はびっくりした。

　母親なのに――渡さない？

「なんの権利があってそんなこと言うの⁉　あの子たちは私がお腹を痛めて産んだ子供なのよ⁉」

「でも、あなたはあの子たちを傷つけた」

深瀬は息を呑んだ。

説明を求めて見渡すと、大きな子が小声で教えてくれる。

「和真も和人も、家に来た時は傷だらけだったんだ……」

説明にかぶせるように、不快な金切り声が響いた。

「二度としないって何回も言ってるでしょ。返してよ！　愛しているの！　あの子たちなしじゃ、生きていけない。ねえ、和真、和人、いるんでしょう？　ママと一緒に帰りましょう？」

司堂が和真の後ろ首をくわえ上げて、縁側から庭へと運んでゆく。和人をくわえた子犬も後に続き、庭づたいに奥の部屋——柚子崎の寝室へと入っていった。廊下を使わなかったのは母親の視線を避けるためだろう。

ガラス戸が閉まってすぐ、テレビの音が聞こえ始める。深瀬は布巾《ふきん》を手に取り、零《こぼ》れたお茶を拭き始めた。汚れた布巾は、盆の上にまとめておく。台所に運んで濯《すす》ぎたかったが、玄関が見える廊下を横切る勇気が出ない。

あんなもの、見るのもいやだ。

早く諦めて帰って欲しい。

落ち着かない気分で深瀬は耳を澄ませる。

母親はしつこく大声で泣いたり怒鳴ったりしていたけれど、柚子崎の冷ややかな対応に無駄だと悟ったのだろう、やがて諦めて帰っていった。玄関の引き戸が閉められる音に、皆が一斉に堪えていた息を吐く。

「お疲れ、たかにー」

部屋に戻ってきた柚子崎はぐるりと部屋を見渡した。

「二人は？」

「兄貴の部屋でテレビ見てる」

「空冬、冷蔵庫のアイス、二つもらってもいいか？　明日買って返す」

「しょうがねえなあ。特別だぞ」

「深瀬」

突然名前を呼ばれ、深瀬はびくりと軀を揺らした。

「は、はい」

「客なのに放置して悪い。ちょっと奥行ってくる」

「大丈夫です。気にしないでください」

柚子崎が廊下の奥に消えると、空冬と呼ばれた子がそろりと深瀬の傍《そば》に寄ってきた。

「なあ、フカセさあ。オムライスの作り方、知ってっか？　和人が好きなんだけど、俺も司堂もうまく作れねーんだ」

ささくれていた心がふわりとあたたかくなった。

口調は乱暴、初対面の時も結構失礼な口を利いていた子なのに、好物を用意して弟を慰めるつもりらしい。返事をする前に他の子たちも寄ってくる。

「俺にも教えて。あの、とろっとろの卵でチキンライスが覆われてる奴」

「グリーンピースはなしな」

深瀬の口元に薄い笑みが刻まれた。

「了解、教えてあげる。ソースはなにがいい？　デミグラス？　ケチャップ？　カレーっていう手もあるけど」

「カレー⁉　うまそう！」

「和真も好きだし、いいな。伶、晩飯、オムライスでいいだろう？」

一人だけ離れて会話を聞いていた子犬がつんとそっぽを向く。

「好きにすれば」

乗りかかった船だ。深瀬は子犬たちと一緒に夕食の準備に取りかかった。練習しながら作ったオムライスは半分が失敗してしまったし冷めてしまったのもあったけれど子犬たちは満足そうだった。メニューが決まってすぐに圧力鍋でとろとろに煮こんでおいた牛すじ肉を使ったカレーも大好評。サラダのピーマンだけは嫌いだと避けている子がいたけれど。

あの後、アイスで機嫌を取られ、柚子崎にしがみついてテレビを見ていたらしい和人と和真は、兄たちの力作を食べさせてもらい頬を綻ばせていた。

翌日の食事を期待してだろうか、弟たちに熱心に引き留められ、深瀬はその晩も柚子崎の家に泊まった。

＋　＋　＋

「なんというか、悪い。こんなつもりで連れてきたわけじゃなかったんだが」

風呂から上がってきた柚子崎が髪を拭きながら近づいてくる。その足下にはミルクがごろごろ喉《のど》を鳴らしてまとわりついていた。深瀬は先に風呂をもらい、柚子崎の部屋にいた。子犬たちはすでに寝間のある二階へと引き揚げており、今は静かだ。

「謝ることなんて全然ないです。一緒に料理させてもらって、僕もずいぶん気が紛れましたし」

淡雪のように白いタオルが頭から首の後ろへとずらされる。手で掻き上げただけの濡れた髪に、会社では見られない素の柚子崎が感じられて、深瀬の胸は不思議にざわめいた。

「僕、料理を人に振る舞うの、初めてだったんです。すごく楽しかった。柚子崎さんさえよかったら、またなにか作らせてください」

「感謝するのはこっちの方だ。深瀬がいなければ、今夜の食事はきっと、お通夜みたいになっていた」

玄関口でわめき散らしていた女の姿がふっと頭に浮かぶ。

「あのお母さん、弟さんを虐待していたんですか？」

柚子崎の双眸を暗い影が過ぎった。

「父はなにも言ってなかったが、おそらくは。――深瀬は彼女を知っていたのか？」

深瀬はきょとんとした。

「まさか。どうしてですか？」

「顔を見た時、びっくりしていただろう？　尻餅までついて」

「あー……」

柚子崎が深瀬の傍に胡座をかくと、膝の上にミルクがするりと乗り上がり丸くなる。

深瀬は迷った。

――この人は信じてくれるだろうか？

「あの、僕の秘密、守ってくれますか？」

「ああ。約束する」

即座に帰ってきた返事に軽々しい響きはない。どんな秘密であろうと守ってくれるつもりでいるのだろう。――今は。

深瀬はこくりと唾を呑みこみ目を伏せた。

「……僕には、あの女の人が蛇《へび》に見えたんです」

廊下を覗いた深瀬の目に映ったのは、とぐろを巻いても玄関に入り切れないほどの大蛇《だいじゃ》だった。口の隙間《すきま》から二股に裂けた邪悪な舌がちろちろと覗いていた。黒っぽい鱗《うろこ》に浮かんだメタリックな光沢が毒々しい。ゆらゆら揺れている鎌首がいつ伸びてきて頭から丸呑みにしようとするかわからない気がして怖かった。

突拍子のない話は柚子崎を困惑させたようだった。

「……？　それは、比喩《ひゆ》、か？　蛇のような性格の女に見えた、という意味か……？」

「いいえ。僕の目には、人が動物に見えるんです。……変ですよね？」

深瀬にとって、都会はまるで動物園だった。

ごわついた毛並み、装甲のように分厚く皺の寄った皮膚、ぬめぬめと光る鱗。服の代わりにそんなものを纏った獣たちがそこらじゅうにいる。

他の人には人間に見えているのだから自分もそう見えているように振る舞わなければならないとわかっていたけれど、姿形がまるで違うのに人だなんて思えない。

可愛らしい生き物ならいいけれど、獰猛《どうもう》な肉食獣が視界に入れば身が竦む。草食獣でも大型なものは恐いし、は虫類も苦手だ。

柚子崎がざらついた顎を撫でる。

「赤倉先生を狸と罵《ののし》ったのは、本当に狸に見えていたからか？」

「はい。この間まで人間の姿をしていたんですけど」

軀に合わせて誂《あしら》えたスーツを身に纏った赤倉はもう若くはなかったけれどスマートだった。それなのに、昨日上司と話した後見た赤倉は、もう人の姿をしていなかった。

デスクにちょこんと座る狸の姿を見た瞬間に、深瀬は理解せざるをえなかった。本当に、終わりなのだと。

人語を話しても獣は獣。その証拠に狸《赤倉》は歯を剝き出して深瀬に噛みつこうとした……。

「俺はなんの動物に見えるんだ？」

「柚子崎さんはちゃんと人に見えます」

大抵の人は人間の姿になれたとしても獣耳としっぽが残っている。赤倉にもずっと狸の耳としっぽはついていた。でも、柚子崎にはなにもない。

「人間に見える人と、動物に見える人がいるのか」

柚子崎は深瀬の言葉を笑わなかった。それだけで鼻の奥がつんと痛くなってしまう。

「いい人は人間に見えるみたいなんです」

「いい人……？」

なにが引っかかるのか、柚子崎は眉間に皺を寄せた。

「会社の皆は？　どう見えていた？」

「部長はチベットスナギツネ、所長はバッファローで、受付嬢の利香子《りかこ》さんはカラスに見えてました」

「部長がチベットスナギツネか。バッファローも納得だが、利香子さんがカラス……？　ハムスターとかうさぎのイメージだが」

「そうなんですか？　僕には彼女の人としての姿はわからないけど、彼女が傍にいる時に隙を見せるとつつかれそうな気がして怖かった」

確かに彼女の声は細く儚《はかな》げでさえあったけれど、闇夜のような姿は禍々《まがまが》しく、狡猾《こうかつ》そうな目にはぞっとさせられるものがあった。

「怖い……か。いつも緊張していたのもそのせいか？」

どきりとしたものの、深瀬は己を抑え、すこし首を傾けるだけに留めた。

「僕、緊張しているように見えました？」

「ああ。いつも張りつめた顔をしていた」

つと上がった腕が、深瀬の前髪を掻き上げる。なめらかな額を目にすると、柚子崎はなにかを思い出そうとするかのように目を細めた。

「今にもへし折れてしまうんじゃないかと感じる時さえあって――気になっていた」

――皆、変人の一言で切って捨てるのに、この人は僕の気持ちに気づいていてくれていたんだろう

か……？　全部、分厚い瓶底眼鏡の裏側に隠していたつもりだったのに。

裸にされたような心許なさと悦びが同時に湧《わ》きあがってきて、深瀬は下腹に力をこめる。

「うちの弟たちも動物に見えてるのか？」

「あ……はい、すみません。皆、子犬に見えてました。犬種はよくわからないんですけど、とても可愛いです」

柚子崎にわらわらと群がる子犬たちの愛らしさときたらない。大事なことなので強調すると、柚子崎はひっくり返したミルクのもふもふの腹を掻き回した。

「……本当、なんだな？」

「信じなくても、かまいません」

「そんな悲壮な顔をするな。おまえが嘘をついているとは思っていない」

じわじわと胸の奥が熱くなる。

「他にもこの話を知っている者はいるのか？」

他に、知っている者？

うっかり懐かしい顔を思い出してしまった深瀬の眼差しが揺れた。

「――一人だけ。信じてくれるどころか、電波扱いされましたけど」

相手は初めて深い仲になった相手でちゃんと人間の姿をしていたけれど、深瀬の真剣な告白を笑い飛ばした。なにそれ、冗談のつもり？　面白くないと。――こいつ、頭おかしいんじゃないかという目をして。

そして友人たちに面白おかしく吹聴《ふいちょう》し、人間であることを止めた。

柚子崎が顔を顰《しか》める。

「よく俺に話す気になったな」

「柚子崎さんは、最初から人間に見えましたから」

だからいい人だと深瀬にはわかっていた。

「赤倉先生も人間に見えていたんだろう?」

「赤倉先生は最初は狸でした」

尊大に胸を張り、ぽてぽてと社内を歩き回る鈍重な獣。

狸は深瀬にとって怖い動物ではなかったし、赤倉は奇異な瓶底眼鏡をかけた深瀬にも他の人たち同様に声をかけてくれた。残業していたら、ご苦労という言葉と共にドーナツを差し入れてくれたこともある。入社したばかりでなかなかこれだけの仕事をできる者はいないと褒めてくれて、嬉しかった。赤倉が狸から人間へと変化したのはその翌日のことではなかったろうか。

「それは、赤倉がいい人だったからではなく、深瀬が赤倉をいい人だと思ったから人型になったんじゃないか?」

「もしそうなら、僕は大多数の人を悪い人だって思っているってことですよね。柚子崎さんの弟くんたちまで」

彼らのことは見分けもつかないくらいだからまだよく知っているとは言い難いけれど、まだ赤ん坊のいつきまで獣に見えるのはおかしい。

「人の心って、白一色とか黒一色で塗り潰されているものじゃないでしょう？　昨日までは善なる力が勝っていたけれど今日は悪い方に傾いてしまった、とか、そういうことが赤倉先生の上に起きたんじゃないかなって僕は思ってます」

「その眼鏡も秘密と関係があるのか？」

「ズレてる格好をしていれば、人は近寄ってこないから」

柚子崎の目を苦々しい色が過ぎった。

「――人除《よ》けか」

支障なく社会生活を送れるが、あまりお近づきになりたくない奴だと敬遠されるギリギリのライン。そこを深瀬は狙っている。

「就職活動の時だけはコンタクトで乗り切りました」

「就職後もコンタクトにしておけば、色々といいことがあったかもしれないぞ」

「いいんです。動物とランチしたり飲みに行ったりするのは、いくら本当は人間だとわかっていても、きついから」

ひとりぼっちは淋しいけれど、放って置いてもらった方が、巨大な口を開けて食べ物を貪り食うさまを眺めるよりよほど気が楽だった。

「きつい――――か」

「でも、柚子崎さんと一緒にいると普通におしゃべりしたり食事したりできて、楽しかった」

だから気にしなくていいというつもりで言ったのに、柚子崎は顔を顰めた。

「楽しかったなんて言っている場合じゃないだろう。深瀬、俺が昨夜酔った勢いでなにをしたか忘れてないか?」

「あ……」

深瀬は言葉を詰まらせた。

そう言えば昨夜、自分はこの男とセックスしたのだった。記憶がないので、まるで実感がないけれど。

「それなのによく平気で泊まろうとするな。今夜は弟たちと上で寝ろ。二人きりより安心だろう?」

弟たちの部屋がある二階を柚子崎が指さす。

「でも、同僚を差し置いて弟さんたちと一緒に寝るなんて変です。柚子崎さんは本当はいい人だってわかってますし、ここでかまいません」

「おまえはなんでそんな無防備に……そうか、俺が人間に見えてるからか!」

柚子崎が頭を抱えた。被害者である(?)深瀬がいいと言っているのだから気にしなくていいのに。

深瀬は立ち上がって、壁際に用意されていた布団を広げようとした。

「昨夜のことはなかったことにしましょう。あ、お布団、並べて敷いていいですか？」

「駄目だ。酒が入ってなくても、すこしは警戒しろ」

柚子崎は一組の布団を廊下に運び出し、敷き始めた。

「柚子崎さん？　なんでそんなところに布団広げるんですか」

「いいから、おまえは部屋の中で寝ろ」

「僕は気にしないのに」

「俺が気になるんだ」

「それに柚子崎さんとなら、別にセックスしてもいいかなって」

柚子崎の動きが停止する。

「……なにを言っているんだおまえは」

「だって、柚子崎さん、ちゃんと人の姿してますし、酷いこと、しなさそうですし」

振り向いた柚子崎は呆れ顔だった。

「おまえ、別に俺が好きなわけじゃないんだろう？　もっと自分を大事にしろ」

深瀬はくすくすと笑った。

「柚子崎さん、僕は女の子じゃないんですよ？　こんな軀、大事にしてどうするんです？」

「女の子じゃないなら相手かまわずでいいってことにはならないだろう」

「でも僕、セックスが好きなんです。さすがに動物とはする気になれないけど」

深瀬は人間の姿をしてさえいれば拒まない。選り好みできるほど選択肢がないからだ。

赤倉が狸に戻った現在、深瀬の世界にいる人間は柚子崎のみ。柚子崎は優しくて人間的にも好ましい。拒むどころかウェルカムなのに、柚子崎は抱いてくれるどころか深瀬を部屋に押しこみ、ぴしゃりと襖を閉めた。

「別に襲うつもりなんてないし、全然気にしてないってことを理解して欲しかっただけなんですけど……」

まったく意識されないのもスパダリとしての矜持《きんじ》が傷つくのだろうか。別に簡単に開けられる襖一枚を隔てたところで意味などないと深瀬は思うのだけれど、こうまでされたら仕方がない。

深瀬は一人きり、柚子崎の寝室で夜を過ごした。

＋　＋　＋

翌日。深瀬は早々にお暇《いとま》するつもりだったのだが、子犬たちの誰かが気を利かせてスーツをクリーニングに出してしまっていた。仕上がりは今日の夕方だという。

家に帰ってもどうせ一人、仕上がりを待つ間だけと食事の支度を手伝ったりおやつを作ったりしているうちにまたしても帰りそびれてしまい、深瀬は柚子崎家にもう一泊した。

全部、つぶらな瞳をうるうるさせて帰らないでとねだる子犬たちのせいだ。それから柚子崎の家の居心地がよすぎるせい。

月曜日にはクリーニングから戻ってきた装備一式を身につけ、柚子崎と共に出勤した。二日おいてだいぶ気持ちは立て直せていたものの、二年勤めた職場は恐ろしく居づらい場所と化していた。

とばっちりを受けるのを恐れたのか、同僚のコンゴウインコやハリネズミたちは目を合わせようともしない。事務や受付の制服を身につけたカラスや山猫たちが深瀬をちらちら盗み見つつ、カーカーニャーニャー噂話をしている。

チベットスナギツネには出社してすぐ呼び出されたミーティングルームで退職をほのめかされた。

——君にあった職場が他にあるんじゃないかな。

狸も同席していたけれど一言も口を利かず、渋い顔でそっぽを向いていた。深瀬の顔にはまだ痣《あざ》が残っているけれど誰も触れない。——まるで暴力沙汰などなかったかのように。

狸と深瀬の関係についても触れようとしない。きっとなかったことにしたいのだ。

軽く目を伏せチベットスナギツネの講釈を聞き流しながら、深瀬はどうしようか考える。

辞めたくなんかない。頑張れば、残ることは可能だろう。労働基準監督署が力になってくれるだろうし、赤倉の暴力を警察沙汰にするという手もある。

でも、そうやってこの職場にしがみついてなんになるというのだろう。気は済むだろうけれど、その後は針のむしろだ。そんな勝利にどんな意味がある？　柚子崎は深瀬の味方をしてくれるだろうけれど、そんなことをしたら今度は柚子崎の立場が悪くなるかもしれない。

――とりあえず、有休が溜まっているんだろう？　しばらくゆっくり休んで、考えてみたらどうだ？　ああ、君の持っているファイルはすべて――くんに引き継いでおいてくれ。休みだからといって業務が滞っては困るからな。

このままスムーズに退職にもってゆく気なのだろうことは明白だった。でも、深瀬ははいと静かに答えた。ミーティングが始まってから初めて深瀬が発した声に、チベットスナギツネと狸の耳が示し合わせたようひくりと揺れた。

ブースに戻ってしばらくすると、同僚のハリネズミがとことこと歩いてきた。デスクの前で後ろ肢で立ち上がる。深瀬の両手に乗るほどちいさなハリネズミは、本当はスーツを着ているのだろうけれど、深瀬の目にはドット柄のネクタイしかつけているように見えない。

ちいさくて可愛いこの同僚の柔らかそうな腹毛をいつか撫でさせてもらいたいと思っていたのだけれど、密やかな夢は叶えられずに終わりそうだ。

「深瀬。赤倉先生からファイル引き継げって言われたんだけど」

「あ、はい。整理するのでちょっと待ってください。あ、これはまだ手を着けてないのでどうぞ」

デスクの端に置いてある二冊のファイルを示すが、ハリネズミはファイルに手を伸ばさずにぱかりと口を開けていた。つぶらな瞳に映っているのはデスクの上に積み上がったファイルだ。

「深瀬ってこんなに案件抱えていたの⁉」

「？　はい」

ハリネズミがどの程度の仕事を割り当てられているのか知らないけれど、深瀬にとってはこれが常態である。

「ただでさえ皆いっぱいいっぱいなのに、深瀬がいなくなったら仕事が回らなくなるかも……」

ハリネズミの突き出た鼻が不安そうにひくつく。

「ご迷惑おかけして、申し訳ありません」

「あー」

ぽてぽてと深瀬に歩み寄ったハリネズミがちいさな前肢でそっとスラックスの裾を握った。深瀬が身を屈めると、そろりとあたりを見回してから声を潜め聞く。

「なあ、赤倉先生とつきあっていたって話、本当か？」

思考が止まった。もう大丈夫だと思っていたのに腹の奥底からかあっと熱いものがこみ上げてきて頬骨が色づく。色々と察したのだろう、ハリネズミが慌てて拝むように片手を立てた。

「あっ、ご、ごめん……」

「……いえ」

一度大きく息を吸って吐くと、深瀬は瓶底眼鏡を外した。気持ちを落ち着けるため、クロスで丁寧にレンズを拭く。

深瀬の顔を見たハリネズミがシャッと音を立てて背中の針を逆立たせた。

「……深瀬って、眼鏡外すと全然印象が違うんだな。――普通っていうかむしろ……?」

深瀬は急いで不格好な眼鏡を元通り装着した。厚めの前髪も指で梳いて整える。

「あー、その、普通っていうのも失礼だよな。ごめん。ファイル、もらってくよ」

「はい」

深瀬がそっとファイルを下ろすと、ハリネズミはちいさな軀で運ぶには大きすぎる荷物を頭の上に乗せ、席へと戻っていった。誰かに蹴飛《けと》ばされないか心配になるが、深瀬以外には普通に人がファイルを抱えて歩いているように見えているらしい。

ある程度デスクが片づいたら自分でファイルを持っていって引き継ぎする。一件一件状況を説明しているうちに一日が終わり、深瀬はいつもと同じように退社した。まだ引き継ぎなどで出社するつもりなので挨拶回りはしない。デイパックの他に、私物の入った紙袋を両手に提《さ》げている。

ビルを出て、普通なら駅のある方へと折れるところを反対側に行く。十歩も歩かないうちに後ろから伸びてきた腕に紙袋の一つを奪い取られた。

「な……っ」

「片方、持つ」

柚子崎だ。物言いが素っ気ない。怒っているのだろうか。

でも、なにを？

深瀬は紙袋を取り戻そうと、手を伸ばした。

「でも、重いですから」

「だから持ってやると言っている。話したいこともあるし、家まで運んでやろう。それで、どこに向かっているんだ？」

刺々《とげとげ》しい態度に気圧され、深瀬はぼそぼそと答えた。

「……駐輪場です」

ビルの合間にひっそりと設けられた有料駐輪場は駅に近くないせいか、空きスペースが多く殺風景だ。深瀬は柚子崎に荷物を預け、愛車を引っ張り出す。タイヤの細いシンプルな深瀬の自転車《ロードバイク》には荷台も籠もついていない。深瀬は手早く自転車を分解してホルダーに留めてあった輪行袋《りんこうぶくろ》に収納した。いささか荷物になるが、ここに置きっぱなしにするわけにはいかない。自転車は電車が苦手な深瀬の大事な足だ。

「お待たせしました。荷物、預かってくださってありがとうございます」

柚子崎は黙って眺めていたが、深瀬が手を差し出すと紙袋を後ろに引っこめた。

「……深瀬、これ全部、自分で持って帰るつもりでいたのか？」

肩にかけた輪行袋の重さで深瀬の軀が傾いでいる。

「大丈夫です。手は空いていますし、この自転車、見た目ほど重くないから余裕です」

「そうか」

柚子崎がひょいと輪行袋を取り上げた。

「あ……っ」

思わず伸ばした手に、紙袋が渡される。反射的に受け取ってしまい、深瀬は固まった。それなりに重さのある紙袋で両手が塞《ふさ》がってしまっては輪行袋を取り戻せない。あたふたしている深瀬に、なるほど軽いなと当て擦ると、柚子崎は十キロ前後あるそれを肩に担いだまま歩き出す。

「柚子崎さん、それは僕が……っ！」

「家まで送ると言っただろう？」

取りつく島もない。深瀬は煩悶したものの、結局後を追って歩きだした。

久しぶりに電車に乗り、最寄り駅まで移動する。

電車は、嫌いだ。

がさりがさりという奇妙な音に、恐る恐る横を見ると、ダチョウが大きな封筒を小脇に抱えて立っていた。見ていると、ダチョウが神経質に身じろぎするたびに羽根と封筒が擦り合わされ、乾いた音が生じている。

反対側では、牛のような動物が眠たげな目を外へと向けていた。その口は絶え間なく動き、なにかを噛んでいる。単調に続く粘着質な音を聞いていると、頭がおかしくなりそうだ。

深瀬は顔を伏せ、異形の気配を意識からシャットアウトしようと努める。

見るな。聞くな。彼らはなにもしやしない。

最寄り駅に電車が到着すると、一旦ホームの端に待避して混雑が収まるのを待つ。

ちいさなローカル駅の改札を出て、寂れた商店街を行く。すこし歩くとすぐに閑静な住宅地に抜け、深瀬は安堵した。

周囲から人の姿がなくなると柚子崎が口火を切る。

「深瀬。なぜおとなしく退職しようとする」

深瀬は瓶底眼鏡の奥で、目を瞬いた。

なぜ柚子崎がそんなことを気にするのだろう？　不思議だったけれど、真面目に答える。

「あの空気の中、働き続けられる気がしなかったから」

もしこれが自分のことでなければ――たとえばあのハリネズミが抗議もせず言われるままに退職しようとするのを見たら――深瀬だって不当な扱いを許すべきではない、場合によっては出るところに出て権利を主張すべきだと言ったろう。でも、言うは易《やす》く行うは難《かた》しである。

今日一日で身に染みた。チベットスナギツネや狸、カラス、バッファローの冷ややかな視線が痛くて痛くて胃が変になりそうだった。我慢して勤め続けたらきっと病む。いくら給料がよくても、それでは割に合わない。

「あ、僕のうち、ここです」

深瀬の暮らすアパートは紫陽花《あじさい》に囲まれた私道を抜けた先にあった。梅雨《つゆ》の時季はとても綺麗だ。

単身者用で昼間は静か、ワンルームで家賃の割に広く、収納もたっぷりある。建物は古いけれど、その代わりにキッチンが広め、ご近所づきあいはまったくなく、隣にどんな人が住んでいるかも知らない都会らしいドライさが心地いい。

二階に上がって鍵を開けると、深瀬は運んできた紙袋をフローリングの床に下ろした。輪行袋も壁際に置いてもらい、柚子崎に上がるよう促す。

ベッドの手前に置いてある座卓の上を片づけに行こうとして、足が止まった。

青いガラスの灰皿が出ていた。上には吸い殻が二本ある。ねじり潰された煙草のパッケージも。

「深瀬は煙草を吸うのか？」

靴を脱いで上がってきた柚子崎に軽い口調で尋ねられ深瀬はのろのろと首を振った。

煙草の臭いは嫌いだ。

それでも灰皿があるのは、時々訪ねてくる人のため。

「……深瀬！」

ぱんと目の前で手を叩かれ、深瀬ははっとした。目線を合わせるためすこし身を屈めた柚子崎の眉間に深い皺が刻まれている。

「大丈夫か?」

「え……あ、大丈夫、です」

「その煙草、深瀬のものじゃないんだな?」

深瀬は視線をそわそわとさまよわせた。厚いレンズ越しでも狼狽しているのがわかったのだろう、柚子崎の表情が険しさを増す。

「これは赤倉先生の煙草か。合い鍵を渡してあるんだな」

「――――はい」

赤倉はなんのためにここに来たのだろう。和解のためとは思えない。柚子崎に誘われず、いつものように一人で帰宅していたら一体どうなっていたのか、想像するだけで怖気《おぞけ》が走った。

――可愛いって、言ってくれたのにな。

深い海のイメージがふっと頭の中に浮かぶ。

魚一匹いない、静かな海の中。銀色に光る泡とは反対に、深瀬は暗い海底へと沈んでゆく――――。

「深瀬!」

座卓とは反対側に軀を回転させられ、深瀬は瞬いた。柚子崎の両手が肩を摑んでいる。吸い殻が消えた視界には、どきりとするほど整った顔が大写しになっていた。

「深瀬、頼みがある」

深瀬はどこかぼんやりとした口調で答えた。

「柚子崎さんが僕に頼みなんて——なんですか？」

「しばらくの間、俺に雇われてくれないか？　住みこみで」

上の空で聞き流しかけ、深瀬は思わず聞き返す。

「——え？」

「知っての通り、うちは子供が多くて、手がいくらあっても足りない。特にいつきは一人にできないし、保育園の送り迎えがいる。今は年長組が交代で迎えに行ってくれているが、受験勉強に専念させてやりたいし、弟たちにうまいものを食べさせてやりたい。——どうだ？」

人手が欲しいのは本当だろう。だが、真の目的は違う。柚子崎は深瀬を保護するつもりなのだ。改めてスパダリだなと深瀬は思った。

あの家に行けば、賑やかな子犬たちが癒してくれるに違いなかった。

けれど、そんなに甘えるわけにはいかない。断ろうと深瀬は思う。だが、断ってしまったら深瀬はこの部屋に一人だ。

——一人でいるところにまた赤倉が来るかもしれない。

鍵をつけ替える？　もちろん、そうすれば入ってこられなくなるだろうけれど、夜、扉の向こうから赤倉の声が聞こえてくるのを想像しただけで怖気が走った。

イヤだ。

逡巡する深瀬の顎を柚子崎がすくいあげ、視線が強制的に合わせられる。いつもより低い声が耳をくすぐった。

「迷うな。いいから黙って言うことを聞け」

――呼吸《いき》が、止まる。

抗いようのないなにかに絡め取られ――気がついたら深瀬は頷いてしまっていた。

「よかった。弟たちも喜ぶ」

晴れやかな柚子崎の声とは反対に混乱した深瀬はへたりと座りこんだ。本当にこれでいいんだろうかという迷いに早くも襲われつつ、わずかに湿った目尻を拭うために、瓶底眼鏡を外す。

「あの、でも、雇うんじゃなくて、下宿人扱いでお願いします。家賃と食費はちゃんと払わせてください。それから――柚子崎さん？」

ついでにレンズを拭きながら目を上げると、柚子崎が深瀬の顔を凝視していた。

「……？　すみません、なんかついてますか？」

「……っ！」

夢から覚めたように瞬きした柚子崎が、片手で顔を覆いうなだれる。気のせいだろうか、耳が赤い。

「え？　な、なに……？」

「いや……色々と……思い出してしまって……」

「思い出したって、なにをですか？」

「……なんでもない。とにかく遅くなるといけない、荷物をまとめよう。トランクはあるか?」

深瀬は首を傾げた。明らかに話題を逸らそうとしている。だが、深瀬にこの男の口を割らせることなどできようはずもない。気づかないふりでクロゼットを開ける。

「ええと、確かここに……」

動物に脅かされるのが厭な深瀬は必要に駆られなければ絶対に旅行になど行かないので小振りなキャリーバッグ一つしかなかったけれど、とりあえず貴重品や当面の着替え、料理の本などを詰められた。

キャリーを引きずり柚子崎の家に戻ると、玄関まで兄を出迎えに来た子犬たちがぴんと耳としっぽを立てる。

「あれ? 深瀬さんだ! 今日も泊まるの?」

「ごめんね、またお邪魔して」

「んーん。ねえ、またホットケーキつくってくれる?」

「唐揚げ! 唐揚げ!」

興奮した子犬たちが玄関をぐるぐる走り回る。夕食の準備が始まっている気配を察知し、深瀬は事情の説明も荷物の整理も後回しにして台所の手伝いに向かった。なにが嬉しいのか、子犬たちも走ってついてくる。時々勢い余ってころんと転ぶ子もいる。

調理台の上では子犬の一匹が前足でちょんと蓋を押さえ、ミキサーを回していた。後ろ肢で立ち上がり冷蔵庫を覗いている子犬もいる。二匹とも深瀬に気づくとしっぽを勢いよく振り始めた。

「あれ、深瀬さんだ。帰ったんじゃなかったの？」

「そうなんですけど、色々あって。あの、手伝います」

すこし緊張しつつ、深瀬はエプロンの紐《ひも》を結ぶ。台所に立っていることの多いこの二匹は兄弟の中でも年嵩《としかさ》で声音も落ち着いていた。厚かましい深瀬に文句を言うならこの子たちだと深瀬は身構える。

「ふうん？　まあ、いいや。話はどうせ今夜の『会議』の時に聞けるんだろう？」

「かいぎ……？」

なんだろう、それは。聞こうとしたところで足下を走り回っていた子犬がつまずき、ゴミと一緒にひっくり返った。

「和人！」

「台所で遊ぶなって言っただろう？　ハンバーグ、やらないぞ」

「や！」

べそをかき始めた子犬を抱いて台所の外に連れ出し、年かさの子に引き渡す。首の後ろをくわえられ、どこかへと引きずってゆかれる子犬を見送ると、深瀬は腕まくりをしつつ戦場に戻った。

これから腹を減らした育ち盛りの男の子たちを満腹にできるだけの料理を作らねばならない。

子供たちが決めた今夜のメニューは大きなハンバーグにマッシュポテト、それから温野菜のサラダだった。定番の白いご飯の横に並んだ味噌汁には茄子《なす》が浮いている。嫌いな子が多いのだろう、えー、茄子ー？ というブーイングが起こったが柚子崎の一喝《いっかつ》で静かになった。これまでと同じようにあっという間に料理は平らげられ、食後のお茶が配られる。テレビもついていないのに、誰も席を立たない。

「よし、では、本日の会議を始める」

おまけに柚子崎がそう声を上げると、携帯やゲーム機をいじっていた子までしていたことを中断し、ぴしっと背筋を伸ばしてお座りした。

「会議、ですか？」

職場みたいだと思いながら首を傾げると、隣に座っていた子犬も真似してこてんと頭を傾ける。

「我が家の定例家族会議だよ。毎晩夕食後にするって掟なんだ。ここ数日は深瀬さんがお風呂に入ってる間にすませてたから知らないだろうけど」

「あ、家族会議……」

それにしては本格的だった。子犬の一匹などは『柚子崎家家族会議その十三』と表紙にマジックで書いてある分厚いノートを広げている。議事録も作っているらしい。

子犬たちと同じく正座した柚子崎が口火を切った。

「まずは大事なお知らせがある。今日から深瀬もうちで暮らすことになった」

置物のようにぴしっと座っていた子犬たちの背後で、しっぽが一斉に揺れ始めた。

「えっ、マジで⁉」

「やったー！　また唐揚げ作って！」

「静粛に。色々と家のことを手伝ってもらう予定ではあるが、甘えすぎるんじゃないぞ。いいな」

「はーい！」

ミルクを拾った時のように、駄目だと叱られてしまうのではないかとドキドキしていたのに、厭そうな顔をする子はいなかった。声は弾み、しっぽが激しく振られている。深瀬を歓迎しているのだ。

たったそれだけで目の奥がじわりと熱くなってしまい、深瀬は膝の上の拳を握りしめた。

どうしてこの子たちはこんなにも好意的なのだろう。深瀬は一昨日会ったばかり、何度か食事の支度を手伝っただけで、瓶底眼鏡なんかかけた見るからに『変な人』なのに。

「よし、じゃあ、改めて自己紹介から」

一時を共有するだけのお客さまでしかなかった深瀬はまだ全員の名を聞いていなかった。見分けもつかないのに覚えられるか不安だが、そこは頑張るしかない。

「じゃあ、一番手」

柚子崎の隣に座っていた年嵩の子犬が前肢をたし、と座卓に乗せた。

「柚子崎一信《かずのぶ》だ。十八歳、高校三年。誕生日からいえば次男だが、この家に来たのは三番手だな。

受験生だから今は朝食及び弁当当番しかやってないが、進級するまではこの家の家事を取り仕切っていた。なんでも聞いてくれ」

「あ……」

深瀬は息を詰めた。姿が奇妙にぼやけたと思ったら、子犬がいた場所に、頭の上に獣耳を、尻にしっぽをつけた、柚子崎に似た少年が正座していた。シルバーフレームの眼鏡をかけており、柚子崎より怜悧《れいり》な印象が強い。ジーンズに無地の黒Tシャツというシンプルな装いだが、華やかな容姿が目を引く。

「二番手、柚子崎司堂《しどう》、十七歳だ。もうすぐ十八歳になる。一信と同学年の受験生で、この家の三男だな。基本的に一信と組んで家事を受け持ってきた。取り仕切っていたのはむしろ俺で、料理も一信よりうまい」

一信がむっとして眼鏡の奥の目を細める。その視線の先にいた子犬もまた、人へと変化した。やはり柚子崎に似ているが、短髪で軀つきもがっちりしている。外見も落ち着いた所作も一信より大人びているようだ。揃いの黒いTシャツに、ジャージを合わせている。

「四男の、伶《れい》。十六歳、高一」

そっぽを向いたままやる気のない自己紹介をした子犬は、つり目の少年に変わった。すでに大人の男性らしい軀つきになりつつある兄たちと違ってほっそりとしており、細い猫っ毛は癖毛なのだろうか、つんつん外に撥《は》ねている。

「五男、空冬《そらと》。中二。十四歳。俺はバスケ部でレギュラーになったから、あんまり家にはいねえ。

大雅もだけどな」

余程誇らしいのだろう、レギュラーをやけに強調した少年は、偉そうに肩をそびやかしていた。

「六男だけど、俺も中二で、空冬と同じ学年だよ。名前は大雅《たいが》。この家に来たのは結構遅くて去年。母が死んじゃって途方に暮れてたら、いきなりここに連れてこられたんだ。親父や兄弟がいるなんて全然知らなかったから、びっくりだったよ。まあ、そんなわけで、よろしく」

この二人も人間に姿を変える。次々に増えてゆく少年たちに眩暈がしそうだ。

衝撃的ななれそめも合わせて自己紹介した大雅も空冬も伶より年上なのではないかと思うほど体格がよかった。やっぱり同じ黒いTシャツを着ている。大量にまとめ買いしたのだろうか。

空冬は言動に不良めいたふてぶてしさがあるけれど、頭は丸刈りだし、ちゃんと柚子崎の言うことに従っているから心配はいらなさそうだ。

大雅の母親は外国人だったらしく、膚が白く顔立ちも日本人とは違っていた。すこし垂れた目元に愛嬌《あいきょう》がある美少年だ。

「和真《かずま》、です。十二歳、小学校六年生です。和人の兄、です。よろしくお願いします」

最後まで行儀よくお座りしていた子犬は、年齢の割に小柄な少年に変わった。会議が進行するに連れて姿勢を崩し始めた兄たちとは違って、正座をしたまま両手を太腿《ふともも》の上に乗せている。兄のお古らしいぶかぶかのクロップパンツの裾をロールアップにした上に大きすぎる黒いTシャツを纏っているせいでよけい手足が細く見え、痛々しい印象さえあった。

「和人《かずと》はね、よんさい！　いつきより、おにいちゃんなの」

隣で自分の肢を摑んで遊んでいる、まだ毛も生え揃っていない赤ちゃん犬を鼻先でつついていた子犬は、デニムのオーバーオールを着た幼児に変わった。和人に紹介されたせいだろうか、いつきも赤ちゃんに変化する。手も足もむちむちで、えくぼの浮いた笑顔が可愛い。

座卓の周りにもう子犬の姿はなかった。それぞれに容姿の整った子たちが淡い笑みを浮かべ、深瀬を注視している。

深瀬は震える指を握りこみ、頭を下げた。

「あの……じゃあ、僕も改めまして。深瀬、青《せい》です。しばらくの間、お世話になります。よろしくお願いします」

――いい人は人間に見える。

でも、人間の姿に見える人は本当に少ない。深瀬はいつも無意識に彼らの姿を探していたけれど、多い時で二人、誰もいない時さえあった。それなのに、一人はまだ赤ん坊とはいえ、ここには九人もの人間がいる。

初めての事態に、深瀬は震えが止まらないほど昂《たか》ぶっていた。

子供たちがよろしくお願いしますと唱和し一斉に頭を下げると、続いて恒例だという報告会が始まる。一番手はさっきとは逆、ちいさい子順で和人だ。

「きょうは、かずまといつきといっしょに、こうえんにいきました！　さかあがりがいっかいで

きました！」

おおーっと兄たちが反応する。拍手する者もいる。

「和人、明日の予定は？」

「いつきとほいくえんにいきます！」

「よし、よくできた」

柚子崎がわしわしと和人の頭を撫でている。送り迎えしてくれる人が欲しいと言われていたのを思い出し、深瀬はちいさく挙手した。

「明日の保育園の送り迎え、僕も同伴していいですか……？」

「ああ。確か明日の当番は……」

議事録をめくる柚子崎に、一信が手を挙げる。

「朝は司堂。帰りは俺だ」

「あの、往復とも深瀬さんが来てくれるなら、僕が代わります」

遠慮がちに申し出たのは、小学生の和真だった。

「そっか、和真は年齢の問題でお迎え免除になってたけど、時間の都合は一番よかったんだよな」

深瀬は和真と視線を合わせる。

「よろしく、和真くん」

「はい。よろしくお願いします」

「じゃあ続けて、和真の番ー」

「はい。あの、今日、公園でゆうくんのママに飴《あめ》をいただきました」

柚子崎の顔に滲《にじ》むような笑みが浮かぶ。

「じゃあ、次会った時にお礼言わないとな。和人はちゃんとありがとう、言えたか？」

「いえたもん！」

一人ずつその日にあった出来事や翌日の予定を報告し、議事録に記録する。二十分弱で家族会議が終わると、当番だという空冬と和真が台所で洗い物を始め、他の子供たちは自室や風呂へと散っていった。柚子崎と二人きり残され、深瀬は快い興奮の余韻を噛みしめる。

「家族会議、毎日しているんですか？」

「うちは人数が多いからな。本当はこんなことしなくても全員に目を配れればいいんだが」

柚子崎はスマホに予定を打ちこんでいた。空冬と大雅がもうすぐ試合の予定があると報告したからだ。ちゃんと応援に行くつもりらしい。

「僕、いきなり押しかけてきてしまって、本当によかったんでしょうか」

座卓に頬杖を突いた深瀬に、柚子崎は視線をスマホに向けたまま眉を上げてみせる。

「当たり前だろう。俺が頼んだんだ。弟たちは家族が増えるのに慣れているし——聞かれたくない事情を抱えている子も今までにいた」

「柚子崎さんの弟さんたちって、本当にできた子ばかりですね」

「当たり前だ」

心からそう思っているのであろう、兄馬鹿な断言に、深瀬は顔を綻ばせた。

「おまけに美形揃いなんて。ちょっと狡《ずる》いです」

画面の上を忙しく滑っていた手が止まった。鋭い眼差しが一瞬深瀬へと向けられ、すぐ逸らされる。

「……顔がわかったのか？」

あれ？と思ったものの、深瀬は彼らが人へと変化した時の歓喜を反芻《はんすう》しつつ頷《うなず》いた。

柚子崎がスマホを置いた。

「全員か？」

「全員です」

「……？　なんの話してんだ？」

座卓の上を拭きに来た空冬がなに気なくつっこみを入れる。柚子崎が膝を突いた空冬の首をいきなり片腕で抱えこみ、がしがし撫で回した。

「うちの子は全員、すごくいい子だってことだ」

「いい子とかゆーな、俺はもうガキじゃねえぞっ！　オトナなんだから撫でんなっ！　がーっ」

毛を逆立たせ空冬が暴れる。こんな光景ですら人が動物に見えるようになって以来、深瀬には見ることが叶わなかった。

柚子崎のおかげだ。

柚子崎が深瀬をこの家に迎え入れてくれたから——頼りない奴だと、弟たちにあらかじめ話して親しみを持つようにしてくれたからだ。

せめて家事や送り迎えをしっかりこなすことで報いようと、深瀬は気を引き締める。ぐっと拳を握りしめたところでとすんと腰になにかがぶつかり躯が揺れた。いつきがはいはいで突撃してきたのだ。

うんしょと膝の上に乗り上がりそっくりかえって見上げたところで兄でないのに気づいたのだろう、じいっと顔を凝視してくる。泣くかと緊張したら、にぱりと微笑まれ、深瀬は心臓を射抜かれた。おむつのせいで大きなお尻でちっちゃなしっぽがぷりぷり揺れている。赤ちゃん犬に見えていた時も可愛かったけれど——この可愛さは反則だ。

＋　＋　＋

「あさだよ、おきて？　かずにいもしどにいも、もうおだいどこにいるよ？」

「ん、や。ちょっと、起きるから、も、やめ……っ」

顔がべたべたする。

目覚めた深瀬は二匹の犬に顔中舐めまくられているのに気づき悲鳴を上げた。シベリアンハスキーと豆柴が深瀬の胸に我が物顔でのしかかっている。すこし離れたところで和人が得意げにちいさな胸を張り、しっぽをふりふりしていた。

「……うう……。和人くん、おはよう。それから、あー、梵天丸に、小夏ちゃんだっけ……」

頭を撫でてやると本物の犬たちがおんと鳴く。カーテンが開いていて、家庭菜園で作業をする和真と空冬、大雅の姿が見えた。大きな笊《ざる》を持った柚子崎もいて、弟たちから収穫物を受け取っている。

「何時……？」

携帯を手に取った深瀬はちいさくうめいた。まだ五時にもなっていない。それでも皆が起きているのにのうのうと寝ているわけにもいかず、深瀬は急いで顔を洗って台所に向かった。和人もぽてぽてとついてくる。はしゃぐ犬も一緒だ。

「おはようございます」

「おはよう」

「っス」

和人が言っていた通り、台所では受験生組の二人がエプロンをつけて、忙しく立ち働いていた。二人とも深瀬より背が高い。クール系眼鏡が高校の制服の上にエプロンをつけている姿も、体格のいい、いかにも男子厨房に入らずと言いそうな日本男子風高校生が肘《ひじ》まで腕まくりして野菜と格闘している姿も、台所にはそぐわないけれど手つきは堂に入っている。

調理台の端にはずらりと蓋を開いた弁当箱が並べられており、深瀬にはご飯やおかずを詰めてゆくよう指令が下された。一信——受験生組の眼鏡の方だ——が貸してくれたエプロンをつけてから、甘い卵焼きにタコのソーセージ、白いご飯には醤油とマヨネーズを混ぜたおかかを挟み、一番上に海苔を二枚重ねてゆく。

「野菜、持ってきたぞ」

柚子崎が台所に顔を出し、笊をカウンターに載せた。

「わ、採れたてですね」

柚子崎はすぐには答えなかった。白いコットンシャツの上に紺色のエプロンをつけ、にっこり笑っている深瀬を凝視している。それなのに、微妙に視線が合わない。

「柚子崎さん？」

深瀬が首を傾げると、柚子崎はちいさい咳《せき》払いと共に再起動した。

「……ああ、いや……」

不明瞭な返答を残し、さっと台所を出ていってしまう。なんか変だ。でも、ゆっくり話をしている時間などない。

弁当にすこし遅れて朝食の準備も整い、皆で食卓を囲む。いただきますと手を合わせた途端、気持ちがいいくらいの勢いで料理が消え始めた。

部活の朝練があるという中学生組は食事を済ませると同時に登校してゆく。後片づけの当番は伶と和真らしい。手伝おうと座卓を拭いていたら、柚子崎に手招きされた。

「？　なんですか？」

近づくと手首を摑まれ、柚子崎の部屋まで連れていかれる。

「柚子崎さん？」

柚子崎はまだTシャツ姿だった。短い袖《そで》から伸びる腕に纏う筋肉の形を、深瀬はつい目でなぞってしまう。

襖を閉めた柚子崎の目がまだエプロン姿の深瀬をちらりと舐めた。だが、やはり視線は合わない。微妙にそっぽを向いたまま言葉が紡《つむ》がれる。

「大事なことを言い忘れていた。うちのことをする時、できるだけ伶を立てるようにしてくれないか？」

「伶くん、ですか？」

洗い物をしていた細い背中が深瀬の頭の中に浮かぶ。おおらかな子供たちの中でこの子だけつんけんした印象があった。

「今はあいつがうちの主婦なんだ。去年までは一信と司堂二人でやってくれていたんだが、受験生だからっていうんで伶にバトンタッチしてサブに回った。でも、中学生の二人は部活が忙しいし、和真くらいしか手伝ってくれるメンツがいないだろう？　兄たちと同じようにできないことにプレッシャーを感じているらしい」

なるほど。だからあんなにやさぐれてしまっていたのか。

「わかりました。伶くんの矜持を傷つけず、できるだけ家事の負担を減らすよう気をつけます」

伶が担っている仕事はどう考えても高校生一人でこなせるような内容ではない。

柚子崎が申し訳なさそうに笑う。

「難しい家に引っ張りこんでしまって、悪いな」

深瀬はちいさく首を振った。そんなこと、全然ない。柚子崎や柚子崎の弟たちがお互いに思いやる姿はなんとも愛おしく、やれることがあるならばなんでもしてやりたいと深瀬は思っているのだから。

柚子崎が支度を終え出勤してゆくと、家には保育園に行くいつきと和人、小学生の和真と、伶だけになった。

送迎役を引き受けたのは和真だったが、伶もついてきてくれる。初心者と子供ばかりで心配だったのだろう、なんだかんだ言って伶も柚子崎の弟らしく責任感が強い。

あうあうとお喋りするいつきを深瀬がだっこし、和人の手を和真が引く。柚子崎があらかじめ園側に連絡してくれていたらしい、今時珍しい瓶底眼鏡に引きつつも、保育士は難しいことを言わずいつきと和人を預かってくれた。

保育園は距離はあるが駅からの一本道に位置しており、通勤時間にあたる今は人通りが多い。その中に犬に似た獣を見つけ、深瀬はちいさな声で呟く。

「――――コヨーテ……？」

通りの反対側を通り過ぎてゆく獣と、一瞬目が合った。狡猾そうな眼差しに、寒くもないのに膚がちりりりと粟立つ。

「あ？　なんだよ、コヨーテって？」

伶が怪訝《けげん》そうに聞き返す。伶たちは、深瀬の目に、人が動物に見えることを知らない。

「……ううん、なんでもない……」

「遅刻する。さくさく行くぞ」

伶の高校は遠いので、電車の時間に遅れるわけにはいかないらしい。

駅へと向かう道の途中で伶と別れると、深瀬は小学校まで和真を送っていった。帰りにこのあたりの案内をしてもらう約束をとりつけ、一旦家に戻る。玄関の扉を開けると同時に梵天丸と小夏が飛びついてきてひっくり返されそうになってしまったけれど、深瀬は怒る代わりに愛情をこめて撫で回してやった。

「……ただいま」

陽射しが暑い。青い空にまた海を想う。

深瀬は空になっていた小夏たちの水入れの中身を補充すると、縁側に腰を下ろした。喉が乾いていたのだろう、二匹は夢中で水を飲み始める。

庭には向日葵《ひまわり》が咲き、蟬《せみ》が鳴いている。——この家に喋る獣はいない。

狂気に満ちた世界の中でこの家だけが特別なように思えた。

——唯一の聖域《サンクチュアリ》。

ここがどんなに貴重な場所か、深瀬しか知らない。

「でも、僕はこの家ではゲストに過ぎないってことを、忘れないようにしないと」

どんなに居心地がよくてもいつかはここを出ていかなければならない。柚子崎が深瀬をここに迎え入れたのは、酷い目に遭わされて可哀想だったから。放っておけないという習性が発動しただけだからだ。

深瀬は一度寝ただけの他人、柚木崎の家族でも飼い犬でもない。

不意に泣きたいくらい淋しくなってしまって、深瀬は顔を歪めた。柚子崎家の人々のおかげで今まで隅に押しやられていた不安が胸を塞ぐ。

ここを出たら深瀬は獣《異形》だらけの世界に一人きり。優しい言葉をかけてくれる人もいない。

「泣き言なんか言ってる場合じゃない。鬱陶《うっとう》しがられる前に、ちゃんと身の振り方を決めないと」

でも。

——いっそ自分も犬だったらよかったのに。そう深瀬は梵天丸や小夏を羨《うらや》んだ。

あるいは柚子崎が赤倉のようにこの軀をもてあそんでくれるなら、ここに居座ることもできるのに。

不安定に揺れる心を感じ取ったのか、小夏がきゅんと鼻を鳴らし擦り寄ってくる。深瀬は地面にしゃがみこむと気のいい犬を抱きしめた。あたたかい軀は夏の匂いがした。

＋　＋　＋

一週間もすると、柚子崎家での生活に深瀬はすっかり馴染んだ。

朝は戦場のようだけれど、年少組を保育園に送り届けてしまえば家事は一段落、一人の時間もたっぷりある。深瀬はちまちまとした雑用を片づけつつ、滞っていた弁理士試験の勉強を進めた。下校時間を見計らって切り上げると小学校へ行き、和真と合流してから保育園に行く。柚子崎の弟たちは皆いい子だったけれど、とりわけ和真は心配になるくらい献身的に弟たちの子守りや帰宅途中の買い物を手伝ってくれた。

一見なにもかもが順調に進んでいる。でも、深瀬にはひとつだけ、非常に気になることがあった。

柚子崎の態度がおかしい。

「どうして目が合わないんだろう……」

和人を抱き上げスーパーのカートのホルダーに座らせながら溜息をつくと、和真がほっそりとした首を逸らして深瀬を見上げた。

「確かに孝英兄さん、なんか変ですよね」

「そうだよね。僕の気のせいじゃないよね？」

最初はたまたまだと思っていた。でも、会話をしていても不自然なほど目が合わない。

「深瀬さんの部屋だって孝英兄さんと一緒でいいと思うのに、わざわざ別の部屋を片づけたりしましたし」

柚子崎の部屋は広くて布団二組くらい余裕で敷けるのに、深瀬は隣室をあてがわれた。ずっと物置代わりに使われていた部屋を片づけるのは大仕事だった。同室を拒否したのは、やっぱりあの一夜の過ちが後を引いているのだろうか。

「気にしないって言ったのに」

だが、それだけでは視線が合わない説明がつかない。

つらつらと考えているうちに別の可能性に思い当たってしまい、深瀬は蒼褪《あおざ》めた。

柚子崎に罪悪感を抱かせないため、深瀬はセックスが好きだと言った。この軽薄な台詞に柚子崎は引いてしまったのではないだろうか。そんなビッチと同室なんてとんでもないと。

「僕、もしかして嫌われてしまった……？」

もしそうだったら世話になっているわけにはいかない。

「それはないと思いますけど……。深瀬さん、原因に心当たりがないんですか？」

「うう——……」

あるが、とても子供に聞かせられる話ではない。どう返事をしようか迷っているうちに、和真が商品を取るためひょいとレーンの間に消える。

スーパーには様々な動物がいたけれど、混み合う時間帯前なので深瀬は落ち着いていた。だっこ紐の中であーうーとご機嫌で手を振り回すいつきをあやしながら、野菜を吟味する。

「可愛い赤ちゃんね」

見たことのないフラミンゴが話しかけてきた。声が若く、翼の先に深瀬も知っているロゴのついたバッグをぶら下げている。

いつきと出歩くようになってからよく年輩の女性に話しかけられるようになったけれど、若い女性は珍しい。深瀬はぎこちない笑みを作り、会釈を返した。

「……どうも……」

「私、赤ちゃん大好きなの。ね、ちょっとだっこさせて」

「……え？」

図々しい要求に、深瀬はぎょっとした。ぬいぐるみじゃあるまいし、知らない人の子を抱かせろなんてなにを考えているのだろう。

真円を描く鳥類特有の目が薄気味悪く感じられ、深瀬は断わろうとする。

「それはちょっと。すみませんが急いでますので」

カートを押して行こうとするといきなり掴みかかられ、深瀬は仰天した。

「いいから寄越しなさいよっ！」

「な、なにを、なんで……！」

大きく広げられた翼が顔を叩く。脇腹にも鋭い痛みが走った。バックルを外そうとした鉤爪が突き刺さったのだ。

深瀬は慌てていつきを抱きしめた。赤ん坊が入っているだっこ紐を勝手に外そうとするなんて、信じられない。

手を放れたカートがゆっくりとフロアを滑ってゆく。中に座ったままの和人は目を見開きこの異様な諍《いさか》いを眺めていた。泣きも叫びもしないのは、きっとなにが起こっているのか理解できていないからだ。

「お客さま、どうなさいました」

ここでようやく騒ぎを聞きつけた従業員——二匹のボーダーコリー犬だ——が走ってきた。フラミンゴがばっさばっさと翼を打ち振るい叫ぶ。

「私はこの子の母親よ。この人、私の赤ちゃんを盗ったのよ！」

「はあ⁉」

「私の赤ちゃん、返してよ！」

深瀬の色の薄い唇が震えた。

いつの間にか周囲には人垣ができており、オランウータンやシマウマといった大きな動物が無表情に深瀬を見下ろしている。

違うと言いたいのに声が出なかった。

フラミンゴがどんな顔かたちをしているか深瀬にはわからない。でも、深瀬よりよほど母親らしく見えるのは間違いなかった。きっと瓶底眼鏡にもさもさ頭、コミュ障風の男の言い分など、聞いてもらえない。

それにこのフラミンゴが、本当の母親である可能性もあった。深瀬はいつきの母親を知らないのだ。

「警察を呼びましょう。お二方ともこちらに」

ボーダーコリーが女性の声で指示する。

フラミンゴがまた翼を広げた。

「そこまでしなくていいわ。あなただって事を荒立てたくはないんでしょう？　赤ちゃんを返したら、許してあげる」

偉そうに恩赦《おんしゃ》を約束され、深瀬はいつきを抱く腕に力をこめる。

「この人の言うこと、本当なんですか？」

ふんふんと匂いを嗅ぎながら、ボーダーコリーが深瀬に確認した。返事をしなければと思うのにやっぱり声は出ず、深瀬は馬鹿みたいに首を振る。

「本当なんかじゃ、ないよ」

その時だった。店内に幼い声が凛《りん》と響いた。

はっとして顔を上げると、和真がみりんを手に戻ってきていた。もう一方の手には携帯電話を持っている。誰かに電話していたのだろうか。

「いつきは僕の弟です。深瀬さんは兄の友達で、僕たちの面倒を見てくれているんです。こんなおばちゃん、知りません」

「おばちゃんですって⁉」

フラミンゴが羽毛を逆立てた。チーフ、いらっしゃいましたと誰かの声が聞こえ、自動ドアが開く。

制服警官の姿が見えた。

——え？

いきなり湧き起こった風が髪を煽る。

振り向いた時にはもう、フラミンゴはレーンの奥にいた。長い肢で床を蹴るだけでは足りず、翼まで使って全速力で逃げてゆく。

——なぜ、逃げるんだろう。

「おい、どこへ行く！」

警官が後を追って走りだした。

シャツの裾が引っ張られぎこちなく視線を落とすと、片手に大きなボトルを持った和真がいた。

「深瀬、さん……」

不安げな表情が胸を突く。

いつも後ろで揺れている和真のしっぽは脚の間にくるんと隠され、耳もへたれていた。深瀬はその場にしゃがみこみ、いつきを抱いたまま片手で和真の背中を抱く。そうしたらちいさな軀がぎゅうとしがみついてきた。

しっかりしているように見えるが怖かったのだ、この子も。

和人がカートの中で泣き出した。つられたのかいつきも泣きだし、深瀬はきつく目を瞑《つむ》る。目の奥が熱いが、ここで大人である深瀬が泣くわけにはいかない。

「あの、大丈夫ですか?」

ボーダーコリーがしゃがんだ深瀬の膝を鼻先でつつく。

「すみません、うるさくしてしまって……」

「よろしければ、あちらにベンチがありますから、使ってください」

入り口の自動ドアの横にある古びたベンチをしっぽで示され、深瀬はちいさく頭を下げた。泣いている和人をカートの中から抱き上げベンチに移動する。片腕に和人を抱き、もう片方の手でだっこ紐の中でもがいているいつきの背中をぽんぽんするが、二人とも泣きやまない。

「和真くん、大丈夫？」

もう一本腕があればいいのにと思いながら尋ねると、隣に座った和真がこくんと顎を引く。

「すみません、ちょっといいですか？」

スーパーの中から出てきた制服警官が近づいてくる。

和真が警官を見上げ、それから深瀬へと目を遣って、眉を顰《ひそ》めた。

深瀬は捕食者の前に飛び出てしまったウサギのように竦んでしまった。

制服警官は、ゴリラだった。分厚い筋肉に覆われた逞《たくま》しい胸に太い腕。拳を地面に突いて進んでくるのに、深瀬より目線が高い。

「さっきの女性、お知り合いですか？」

問いかける声音は穏やかだったが、深瀬は巨軀が発する威圧感に気圧され、返事をするどころではなくなってしまっていた。

「君……？」

和真が立ち上がる。

「あの、おまわりさん。深瀬さんは気分が悪いみたいなので、僕が代わりにお話を……っ」

「和真！」

聞き慣れた声に、深瀬は勢いよく顔を上げた。

幻聴かと思ったがそうではなかった。スーパーの前に停まったタクシーから脱いだスーツの上着を手に抱えた柚子崎が走ってくる。

「孝英兄さん……！」

「よく連絡してくれたな、和真。おまわりさん、なにがあったんですか？」

乱暴に和真の頭を撫でた柚子崎が警官に向き直った。

――あ、また。

視線が深瀬の上を素通りする。まるで深瀬などいないかのように。あるいは深瀬など見たくないかのように。

「あなたはこの子たちのお兄さん？」

「はい」

「ちょっと話を聞かせてもらっても？」

「では、すこし場所を変えさせてください。和真もおいで。深瀬は顔色が悪いから、しばらくここで休んでいるといい」

声は優しげなのにやっぱり視線が合わない。深瀬を置き去りに、警官とスーパーの中に入っていってしまう。

どうして目を見て話してくれないんだろう。一緒にいながら弟たちを危険に晒《さら》したことを怒っているのだろうか。

深瀬はきつく唇を噛み、二人の子供を抱きしめた。

まだべそをかいている和人は甘い汗の匂いがした。いつきは深瀬のシャツをちゅくちゅく吸いながら、思い出したようにしゃくり上げている。泣いているせいか、二人ともひどく軀が熱い。

「ごめんね」

ごくちいさな声が聞こえたのだろう、和人の目がきょとりと深瀬を映した。

「ごめんね、怖い目に遭わせて本当にごめん――」

本当に、なにをやっているんだろう、自分は。この子たちが受け入れてくれたから深瀬は本当なら不安で眠れなかったであろう毎日を心穏やかに暮らせているのだ。それなのに、いざという時に竦んでしまうなんて、この子たちを泣かせてしまうなんて、役立たずにもほどがある。

――柚子崎さんに愛想を尽かされても無理ない、か……。

脳裏に、座卓に置かれた灰皿が浮かんだ。吸い殻がいくつもほったらかしにされ、厭な臭いを漂わせてる――。

あそこに、帰るべきなんだろうか。

「待たせたな」

話を終え、三人が戻ってきた。改めて状況を聞かれたが、和真が概要を説明しておいてくれたらしく聴取はごく短時間で終わった。

「大丈夫か?」

警官がいなくなると、柚子崎が隣に腰を下ろす。

「……はい」

和人が深瀬の膝の上をもそもそ横断して柚子崎に抱きついた。めくれたシャツを引き下ろす柚子崎の手を、深瀬はぼんやりと見つめる。

「ずいぶん怖がっていたが、あの警官、なにに見えてたんだ?」

「……ローランドゴリラ、です」

話が見えない和真はきょとんとしていた。

「そうか。……弟たちを守ってくれて、ありがとう」

深瀬は弾かれたように顔を上げた。でも、視線は相変わらず合わなかった。では、これは儀礼的な言葉に過ぎないのだ。

「いいえ、僕にはなにもできなかった。仕事中だったのに、ご迷惑おかけしてすみません」

柚子崎がいつきの送り迎えを弟たちに託し、早くから出勤するのは、すこしでも仕事を多くこなして稼ぐためだと深瀬は気づいていた。仕事の性質上持ち出しができないから、収入を増やそうとすればどうしたって会社に長くいなければならないのに。

「あの……、あの人が本当のいつきのお母さんてことはないんでしょうか?」

柚子崎は肩を竦めた。

「違うと思うぞ。本当の母親ならこんなやり方はしないだろう」

「追い返されると思ったんじゃゃ……」

和真が深瀬の腕に触れた。

「あの、司堂兄さんのお母さんは、退院すると会いにきますよ？」

「え？」

母親は皆シャットアウトされているわけではないのだろうか。

「誰彼構わず拒否してるわけじゃない。さて、買い物は後にして、一旦家に帰るか。和人、歩けるか？」

ひっつき虫と化した幼児はやだやだと首を振り、柚子崎にしがみつく。和真が慌てて引き剝がそうとするが、離れない。

「仕方ないな。深瀬、いつきを頼んでいいか？」

「はい」

だっこ紐を留め直すと、深瀬は立ち上がって和真の手を握った。和真もぎゅっと手を握り返してくれる。

家に帰り着き玄関の引き戸を開ければ、伶が仁王立ちになって待っていた。

「遅い！　なにやってたんだよ……って、なんで兄貴がいるんだ？」

「色々あってな……家族会議の時にまとめて話す。悪いがいつきのおむつを持ってきてくれ」

「あ、僕がやります」

出迎えに現れたミルクが柚子崎の脚に軀を擦りつける。

ぐすぐすと不機嫌にむずかっていたいつきの目がミルクを追い始めた。まだ目元が濡れているのに短いしっぽをぴこぴこ揺らし、猫に向かって一生懸命両手を伸ばす。その間に、深瀬は手早くスナップを外し、汚れたおむつを丸めた。

「――できた」

新しいおむつに替え、ミルクのしっぽを引っ張ろうとしているいつきを抱き上げたところでふと目を上げると、柚子崎が着替えに行くでもなく、立ったまま深瀬を見下ろしていた。

物問いたげに首を傾げると、すっと目が逸らされる。

「……いや。晩飯をどうしようかと思ってな。たまにはデリバリーにするか？」

「僕……料理を、したいです」

料理は深瀬にとって精神安定剤だ。作業に没頭していると気が紛れる。それに深瀬にはこれくらいしかできない。

「あ、じゃあ僕、買い残したもの買ってきます」

「待て、和真。車を出そう」

柚子崎と和真が改めてスーパーへ買い物に行くと、深瀬は疲れたのかうとうとし始めたいつきを座布団に寝かせて台所に立った。今夜のメインは、青椒肉絲《チンジャオロースー》。ピーマンは朝収穫したのがあるので、種を取って無心に洗って刻んでゆく。

「あれ……ピーマン、もうない？」

育ち盛りの男の子たちに物足りない思いなどさせたくないのに、気がつけば笊が空になっていた。

「あ、なら取ってくる」

深瀬の呟きを聞いた伶が鋏《はさみ》を手に庭に下りる。買いに行かなくても柚子崎の家には菜園があるのだ。

「僕も行っていい？」

深瀬もサンダルを突っかけた。陽射しが強くすぐ汗ばんでしまうが、そのおかげで実りはいい。朝収穫したばかりなのにもう食べ頃になったピーマンを見つけては伶がぱちんと切り取る。

「菜園で野菜が採れるの、助かるね」

「……和真が来るまではなんにもなかったんだぜ。草ぼーぼーで」

「これ、和真くんがやろうって言いだしたの？」

「ガキのくせにあいつ、兄貴に申し訳ないって思ってんだ。多分、和人と自分の食い扶持《ぶち》を稼《かせ》いでるつもりなんだぜ、これ」

ピーマンを取り終わったところで、育ちすぎたキュウリが葉陰に隠れているのを見つけてしまい、伶は舌打ちした。

「やんなるよ。俺以外、いい子チャンばっかだ」

「そうかな。伶くんだっていい子じゃない？　僕は子供の頃、こんなに家のお手伝いしなかったよ」

普通の家庭なら、子供が食事の支度に腐心したりしない。掃除だって洗濯だって親に投げっぱなしだ。友達と遊びたいだろうに高校が終わると寄り道せずまっすぐ帰ってきてくれる伶はすごくいい子だ。

「……でも、うちは普通のうちとは、違うから。俺はもっとちゃんとしてないといけないんだ……」

強気にきりりとつり上がった眦《まなじり》に反し、伶の目は不安げに揺れていた。

兄弟とはいえ、生まれた時から一緒にいたわけではない。どんな経緯でここに来たのかは知らないけれど、伶も兄の世話になっていることになんらかの葛藤を抱いているのかもしれない。

「子供がそんなに気張んなくてもいいんじゃないかな。今は僕もいるんだし」

伶の唇が尖る。

「……兄貴は甘えんなって」

「僕がここを去る時までになんでもできるようになればいいんだよ。柚子崎さんがああ言ったのは、僕がいなくなったらこの家が立ちゆかなくなるようじゃ困るからだと思うな」

「フカセ……この家、出てくのか？」

ショックを受けたような顔を見せられ、深瀬の胸は熱くなった。少なくともこの子は深瀬を惜しんでくれるのだ。

「伶くんと違って、僕は赤の他人なんだよ？　ここが好きだけど——いつかは出ていくことになるんじゃないかな」

本当は出て行きたくなんかない。ずっとここにいたい。

でも、目障りだと思われてるなら居座るわけにはいかない。

「そっか……」

収穫したばかりのピーマンを見つめる伶は考えこむような顔をしていた。

台所に戻り、作業を進めていると買い物組が帰ってくる。深瀬は受け取った肉とゆでタケノコを細く刻んだ。熱々を食べて欲しいので下準備が終わると一旦中断して、春雨サラダと卵スープ作りにとりかかる。

「ただいまー」

「腹へったあ」

受験生組が帰ってきたところで、深瀬は中華鍋を取り出した。一人暮らしでは大きすぎて買うのを断念した憧れの調理器具である。重いが気合いを入れて振り、青椒肉絲を仕上げる。

柚子崎家の兄弟が座敷に揃った時には白いご飯とごま油の香りが食欲をそそる中華風サラダ、育ちすぎて大味になってしまったキュウリを使った卵スープと出来たての青椒肉絲が食卓で湯気を上げていた。

いただきますと全員が揃って手を合わせて食事が始まる。余ったら明日の昼ご飯にしようと思っていたのに、料理は綺麗に消えてしまった。

その後恒例の家族会議が開催されたけれど、話をしている間中、やっぱり柚子崎は深瀬を見なかった。

＋　＋　＋

このままでは駄目だ。

深瀬はまだすこし湿っている髪を掻き上げ、鏡の中の己を見つめた。瓶底眼鏡をかけていない自分は成人男性とは思えないほど頼りなく、どこか無防備な感じがする。

柚子崎たち兄弟の言っていた通り、深瀬はひよひよのダメダメだった。男に捨てられることより失職することより、今はこの家を追い出されるのが怖い。

「――好きなんだ……」

柚子崎も、耳としっぽつきの弟たちも、いつの間にか愛おしくてたまらなくなっていた。

彼らは、見るからに問題を抱えている深瀬をなんのてらいもなく受け入れてくれた。深瀬の作った料理をなんでもおいしいと喜んで平らげてくれた。彼らとのやりとりの一つ一つに、ここにずっといたいという気持ちが募る。

手に入らないものを追い求めるのはつらいばかりだと知っているから、深瀬は今まで色んなものを黙って諦めてきた。でも、今回は魂が騒ぐのだ。絶対に諦めてはいけないと。

ならどうしたらいい？　どうしたらこの家に居続けられる？　目障りだと思われないようになり、深瀬に見てもらえる？

思いついたのは一つだけ。それだって大した価値はない。でも、もしかしたら柚子崎はそれで妥協してくれるかもしれない。

周到に準備を済ませた深瀬は頰を叩いて気合を入れた。

身に纏うのはコットンのハーフパンツ、上半身は裸のまま。本当は全裸といきたいが、弟たちに見られたら洒落にならない。

トレードマークの瓶底眼鏡もかけないまま、深瀬は決然とバスルームを出る。

たまたま大雅と空冬に行き合うと、二度見された。

「えっ、誰……？　嘘、深瀬さん⁉」

「なんだ、眼鏡ないと顔が違うじゃねえか」

耳もしっぽもぴんとさせて驚いている二匹の間を、深瀬はコケティッシュな微笑を浮かべ擦り抜ける。向かう先は柚子崎の部屋だ。

細い光の線に象《かたど》られた襖の前に立ち、努めて落ち着いた声を作る。

「柚子崎さん、入ってもいいですか?」

「ああ、どうした」

襖を開くと、縁側で胡座をかいていた柚子崎がわずかに目を見開いた。でも、目があったのは一瞬、視線はさっとスマホへ逃げる。

深瀬はつかつかと進み出て、柚子崎の前に膝を突いた。

「柚子崎さん」

「ん?」

生返事をする柚子崎は、頑《かたく》なに深瀬の顔を見ようとしない。

「柚子崎さんは、僕が嫌いですか?」

冷静に話し合わなければと思っていたのに声が震えそうになり、深瀬は腹に力を入れた。

「……嫌いだったら家に住まわせないと思うが」

「じゃあ、どうして目を合わせてくれないんですか?」

柚子崎の返答はどこかぼんやりとしていた。

「合わせてなかったか……?」

「はい」

「それは……悪かった」

深瀬は眉を顰めた。本当に気がついていなかったのだろうか。

「たとえ無意識だったにせよ、柚子崎さんにそうさせるなにかが僕にあったってことですよね。言ってください。改善しますから」

柚子崎は低く唸り、手の届く場所にあったシャツを深瀬の胸元に突きつけた。

「あー、とにかくなんか着ろ」

不承不承受け取ると、柚子崎は背中を丸め、はあと深い溜息をつく。

「柚子崎さん?」

僕を、見て。

心の中で深瀬は念じる。

深瀬がここに留まるために利用しようと思いついたのは己の軀だった。

家事は子供たちの自主性を損なわない程度に抑えてくれと釘《くぎ》を刺されているし、家賃も交渉済みだ。高くしようとする深瀬と低くしようとする柚子崎の間ですでに議論は尽くされており、もっと払わせてもらえるとは思えない。

自分の軀にそれだけの魅力があるかと問われればないとしか言えないけれど、性欲処理に使ってもらうことくらいできるはずだった。酔った勢いとはいえ、一度はしたことがあるのだから、まったく役に立たなかったという結果になる確率は低い。

いつまでも口を開こうとしない柚子崎との距離を詰めてみると、柚子崎が焦ったように背を向けた。

早口に告白される。

「実は思い出した。最初の夜のことを」

最初の夜。まったく覚えていないけれど、セックスした日のことだ。

空気がきんと張りつめる。

「僕、なにをやらかしたんですか……？」

「やらかしたのはおまえじゃない。俺だ。おまえの家で、おまえの素顔を見た時に思い出した」

柚子崎はちらりと深瀬の顔を振り返ったもののまたすぐ目を逸らした。

「あの夜、俺は初めておまえの顔を見た」

それきり言いにくそうに黙りこんでしまう。

「柚子崎さん？　それで？」

相変わらず深瀬はあの夜のことをなにも思い出せずにいた。すこし怖いような気もするけれど、知りたい。思い切って柚子崎の腕に触れると、厚みのある肩が狼狽したように揺れる。

柚子崎らしからぬちいさな声が聞こえた。

「……だった……」

「すみません、もう一度お願いします。聞こえませんでした」

逸《はや》るあまりかぶせ気味に聞き返すと、柚子崎は顔を顰める。

「……っ、ドストライクと言うか、好みそのものだった！」

「……はい?」

深瀬は首を傾げた。

なにがだろう?

柚子崎の表情は苦々しげだ。

「可愛いと、思った。――、赤倉も同じことを言ってたな」

まさかとは思うが、深瀬の顔のことを言っている?

「あの、柚子崎さん、目、大丈夫ですか?」

思わず額に掌《てのひら》を当てて熱をはかろうとしたら、受け取ったまま膝の上に乗せていたシャツが乱暴にひったくられ、肩に着せかけられた。

「大丈夫だ。だから着ろ。おまえを見ていると――抱きたくなる……」

――今、抱きたくなるって言った?

深瀬はまじまじと柚子崎を見つめる。視線は相変わらず合わない。でもこれは忌避しているわけではなく、意識しているからだったのだろうのか?

ぶわりと感情が昂ぶる。

「スーパーに来た時も目を合わせてくれないから、嫌われたのかと思っていたのに……」

「それは……おまえが泣きそうな顔をしていたからだ」

それがどうして理由になるのだろうと考え、深瀬は思い出した。柚子崎は泣き顔がきっかけで恋に落ちたことがあるのだ。

「これからは襟元《えりもと》の開いたシャツなんか着るな。エプロンも駄目だ。いつきへの頬ずりも禁止する」

しょーもない駄目出しに、深瀬は笑ってしまった。

「そういうことをしたら、どうなるんですか？」

「――不埒《ふらち》なことをしてしまうかもしれない」

そんな後ろめたそうな顔をしなくてもいいのに。

深瀬は晴れ晴れと告げた。

「して、いいです」

それなら梵天丸がじゃれて軀を擦りつけるように、ミルクが膝の上で丸くなるように。これまで柚子崎が与えてくれたものに、深瀬はセックスで報いる。

「……おい！」

右腕に抱きつくと、焦った柚子崎が押し戻そうとする。深瀬は指を絡め合わせるようにして握った手にうっとりと頬ずりした。

「柚子崎さんにはすごくよくしてもらってるから、そんなことで喜んでもらえるなら嬉しいです。僕も柚子崎さんのこと、大好きですし」

柚子崎がごくりと喉を鳴らした。

「大好きっておまえ……」

「宿代だと思って、この軀を好きにして？」

長く伸ばした舌で手の甲を擽ると、柚子崎の目が苦しげに細められる。

「いや、ですか？　僕のこと、嫌い？　そうでないならお願い——」

深瀬は軀をよじり、着せかけられたばかりのシャツを肩から滑り落とした。

胸の間から臍へと続く畝が露《あら》わになる。一見貧弱に見えるけれど、毎日の自転車通勤のおかげで深瀬の軀つきはそれなりに引き締まっていた。

「抱いて」

甘くせがむと、柚子崎の目に獣じみた光が宿った。

畳の上に仰向けに引き倒される。びっくりして逃げ出したミルクがリモコンを踏んだのだろう、電灯が消えた。

柚子崎がのしかかってくる。羽織ったシャツは前が開いたまま、服の意味をなしていない。膚を中途半端に隠す紺色が深瀬の膚をひどく生白く、艶めかしく見せる。

引き寄せられるように手を伸ばした柚子崎が深瀬の膚を探る。肉の薄い腹からシャツに隠された右の胸、まだ柔らかな突起の上を指先が何度も往復し、なんとも言えないむずがゆさに深瀬はもじもじと腰をよじった。

夜の静寂に深瀬の細い声がひそやかに響く。

「あの、柚子崎さんは、同性とセックスするのは……？」

「おまえとが、初めてだ」

柚子崎が上半身を起こしてシャツを脱ぐ。月明かりに惜しみなく晒された肉体は雄らしく引き締まっていて、腰の奥がきゅんと疼《うず》いた。

綺麗だな、と思う。こんなに綺麗な人に抱いてもらえるなんて、夢みたいだとも思う。

片手を突いて上半身を起こすと深瀬は軀をねじって右の尻を浮かせ、ポケットから避妊具を取り出した。

本当は軀の内側も外側も精液塗《まみ》れにしてもらった方が相手のものにしてもらえたという感じがして好きなのだけれど、朝、弟たちが来るかもしれないのに部屋を汚すわけにはいかない。

「違和感があるな」

「……え？」

「避妊具の使い方なんて知らなさそうな顔して、こんなもの用意してるなんて」

パッケージの一つを取り上げると、柚子崎はぺらりと振ってサイズを確認した。

「ないと困ると思って」

「しかもいくつ用意したんだ？　ゴムの回数分、して欲しいということか？」

顔に、熱が上る。

単純に足りないより余った方がいいと思ったのだけれど、柚子崎がしたいなら、応じるのもやぶさかではない。

「ええとあの、ゆ、柚子崎さんの、したいだけ、していただければ……」

「可愛い顔して、すごいことを言う」

ちいさく笑い、柚子崎が身を屈める。淡い月光に皮膚の下で筋肉が形を変えるさまが照らし出され、深瀬の情欲を煽《あお》った。

男としては大変不本意ではあるが、深瀬は性的なことにいかにも疎《うと》そうに見えるらしい。

上目遣いに抗議の視線を送ると、ちろりと口端を舐められた。ミルクに舐められるのとは違うねっとりとした接触に、柚子崎の体温が生々しく感じられる。

おずおずと口を開いて舌を伸ばせば舌先が触れ合った。

「ん……」

艶めかしく濡れた粘膜が、戯《たわむ》れるように擦り合わされる。物足りない愛撫に、深瀬は肘を突いて中途半端に上半身を浮かせたまま応えた。

こんなんじゃ足りない。

顔を背けて柚子崎から逃げ、ちいさな声でねだる。

「ちゃんとしたキス、してほしいです」

くつくつと柚子崎が笑った。

「了解」

肩を押され、背中が畳の表につくと、柚子崎が覆いかぶさるようにしてくちづけてくれる。戯れなどではない。深い、情欲そのもののような交わり。

当たり前のように押し入ってきた舌を迎え入れると、唾液が混ぜ合わされた。巧みな舌技に、深瀬は酔う。

「ふ、ん……」

下腹に熱が凝《こご》ってくるとじっとしていられなくなってしまい、深瀬はもぞりと膝を立てた。柚子崎の腰を挟みこみ切なく身をよじれば、ぐっと股間が押し当てられる。

「んん……っ」

開いた脚の間で、柚子崎が腰を揺する。畳の上に押さえつけられたまま服越しとはいえ性器を淫猥《いんわい》に擦りつけられ、深瀬は指先まで痺《しび》れるような快楽を覚えた。

「脱がすぞ」

上半身を起こし深瀬に跨《また》がった柚子崎がハーフパンツの前を開けてゆく。生成《きなり》のコットンが下へと引っ張られ、腰骨の下まで膚が覗いた。下から現れた下着は深海の青だ。

深瀬の体重が乗っているからこのままでは脱げない。協力して腰を浮かせようとしたのだけれど、それより早く、細腰の下に柚子崎の腕が差しこまれた。腰が持ち上げられ、腰骨が高く浮く。しなやかな軀が弓なりに反り返り、己の軀を見上げた深瀬は人魚のようだとなんとなく思った。

地上ではうまく動けない。俎上《そじよう》の魚《うお》のように生白い腹を剝き出しにしてなされるがまま、料理されて喰われる。

ハーフパンツと下着が太腿まで引き下ろされ、下腹部が露わになる。臍の下の平らな皮膚にくちづけると、柚子崎はようやく深瀬の軀を床へと下ろした。

そのまま脚のつけ根に指が差しこまれ、双珠《そうじゅ》をいじられる。

「や……っ」

「しー、静かに。弟たちに聞こえるといけない」

深瀬ははっとして両手で口を押さえた。気をつけていたつもりだったのに、欲の高まりに負け、頭の中から抜け去ってしまっていた。

「どうしよう、ここじゃあ……」

柚子崎の弟たちの部屋は二階にある。柚子崎の部屋は一階、しかも増築部分なので真上には夜空しかないが、目覚めてしまった誰かが訪ねてきてしまうかもしれない。

だが、柚子崎は平然としていた。

「深瀬が声を出さなければ大丈夫だ」

「え……えええ……?」

そんなことが、できるだろうか。

意地の悪い笑みを浮かべた柚子崎が腰骨の内側の敏感な皮膚に顔を押し当てる。陰嚢《いんのう》を悪戯していた指がさらに後ろへと滑ってゆくのを感じとり、深瀬は息を詰めた。

柚子崎と繋がるための器官がそこにある。

きゅっと窄《すぼ》まった入り口を硬い指の腹が撫でた。

「あ……」

「ここに、挿《い》れる。そうだな？」

「はい……」

圧がかけられ、しっかりと閉じられていた秘処に風が当たる。にゅぷっと開かれた肉の狭間は、熱く濡れており、柚子崎の指を柔らかく呑みこんだ。

「……濡れている……？」

月明かりでは見えないことを祈りつつ、深瀬は一気に熱くなった頬を押さえた。蚊《か》の鳴くような声で告白する。

「あの……準備、してきたから」

柚子崎家の皆が使った後の浴室とトイレで、軀の内側も外側も清めた。指で慣らし、潤滑剤を仕こみもした。している時はただただ必死で考えが及ばなかったけれど、今はひたすら恥ずかしい。

「準備？　なぜだ」

膚に触れる吐息にろくに服を着ていないことを意識させられてしまい、深瀬はシャツの合わせを掻き合わせる。

「……もし、嫌いだって言われたら……ここから出ていけと言われたら、カラダでその、籠絡《ろうらく》できないかと思って」

腰骨の上に伏せていた柚子崎の顔が上がり、真顔で見つめられる。いたたまれなくなってしまった深瀬は、肘を突っ張り後ろへと逃げようとした。

「も、もちろんっ、僕に性的魅力なんかないのはわかってますけどっ……ひあっ」

後孔に埋められたままになっていた指をくんと曲げられ、深瀬は思わず嬌声を上げた。

「いい案だ」

「あ……っ、ン!」

にゅくにゅくと肉壁を探られる。他の男との経験はないと言っていたのに、柚子崎の指が動くたびに快感が走り、深瀬はしなやかな軀をのたうたせた。

弟たちに気づかれてはいけないと、必死に指を噛んで声を殺す。

「やわらかいな。もう、入れても?」

「は、はい……」

ひくひくと後孔を震わせながら、深瀬は顎を引いた。そこはいつでも柚子崎をくわえこめる状態になっていた。いいやそんな控えめな表現は正しくない。熱をはらんで、早く犯されたいと切望している。

変だな、と深瀬は思う。どうしてこんなにも軀が切ないんだろう。

柚子崎とセックスした記憶はない。初めても同然なのに。

「そんな弱々しい声で『はい』なんて言うな。抑えが利かなくなる」

「え……？」

喉に絡んだ声には切羽詰《せっぱつ》まった響きがあった。本当に深瀬に欲情しているのだ。

――僕みたいなのをこんなにも欲しがってくれるなんて。

先刻取り出されたまま、畳の上に放置されていた避妊具を柚子崎が手に取った。端を噛んで、一つだけちぎり取り、膝立ちになる。

前の合わせから取り出された柚子崎自身を見て、深瀬は逆上《のぼ》せそうになった。

あれがこれから、深瀬を腹の奥まで蹂躙《じゅうりん》してくれるのだ。

柚子崎が性器に手を添え、しごき始める。雄々しかった性器はますます隆々と猛《たけ》り、鎌首をもたげた。

無意識に深瀬は肘を突っ張り、畳の上を後退《あとずさ》る。欲しいのに、怖かった。あんなものに貫かれたら、どうなってしまうかわからないような気がして。

ちらりと深瀬を見る柚子崎の目に嗜虐《しぎゃく》が滲む。

まるで、獲物を狩る獣のような――。

そう思った瞬間、これまで感じたことのない震えが背筋を駆け上り、深瀬は狼狽した。

――僕は、なにを期待しているんだろう……？

手早くゴムを装着した柚子崎が距離を詰める。仰向けのままでは素早く動けなくて、とっさに躯を返して這って逃れようとしたら、力強い腕に腰を捕らえられた。

うなじを撫でる荒々しい息づかいが膚を粟立たせる。

持ち上げられた腰を基点に躯が二つに折れ、そうして――。

「――――っ」

狭い肉の間に強引に猛ったものをねじこまれ、深瀬は両手で口を押さえた。

苦しい。

けれど――なんだろう、この指先まで溢れる喜悦は。

畳の上で犯される。

下着もハーフパンツも脱いでいないから、脚は閉じたままだ。当然いつも以上にみっちりと狭い肉の狭間を、強引に太く熱いもので暴かれてしまう。

「ふ……っ」

斜めに崩れた躯に覆い被さり、柚子崎は腰を使った。

柚子崎にとってはキツいだろうけれど、予想以上の快感に深瀬の雄はピンと反り返った。ただ突き上げられるだけで、いつもより強く肉襞を刺激される。悦《い》い場所を満遍なくえぐられるような法悦に、深瀬は身も世もなく乱れそうになった。

でも、だめ。声を、抑えないと。

「ふ……っ、うン……っ、ん、ふ、んん……っ」

「く……っ」

艶めいた鼻声が月明かりしかない部屋の空気を震わせる。

後ろからのしかかられているため、だんだん己を抱いているのが本当に柚子崎かどうか曖昧《あいまい》になってくる。

だって、柚子崎はいつも優しい。こんなふうに後ろから押さえつけ、荒っぽく腰を叩きつけるようなプレイをするようには見えない。

――ああ、でも、僕も、おかしくなってる。

深瀬は目尻を涙で濡らしながら、獣じみた突き上げに合わせて腰をくねらせた。

ろくに身動きもできない格好で強引に組み敷かれているというのに、すごく興奮している。せっかく用意したゴムをつけ忘れた陰茎は溢れた蜜でしとどに濡れているし、狭い肉の狭間を熱い肉の塊で無理矢理こじ開けられる感覚がたまらない。

すこし開いたガラス戸から時折流れてくる風が火照《ほて》った膚にひどくひんやり感じられる。わずかな温度差が深瀬に改めて知らしめる。己がどんなに淫らな格好をしているのかを。

局部は剝き出しにしているのに太腿より下には衣服を絡みつかせたまま、シャツをはだけている。全裸以上に羞恥心が煽られ、深瀬は涙目になった。

本当に、強姦されているみたいだ。

それも、けだものに。

「ふ……っ、は、はあ……っ、ん、んん……っ」

後ろから伸びてきた手が、胸元を探る。興奮につんと尖った肉粒を強く摘まれた瞬間、甘酸っぱい快感が全身を貫いた。

「あ、も……っ」

声もなく、わななく。

畳に頬を押し当てて、深瀬は頂に達した。

頭の中は白く痺れ、なにも考えられない。ひくひくと後ろが収縮し、柚子崎を締めつける。

生白い肢体から力が抜けると、柚子崎はくったりとした深瀬を抱き締め、切っ先を最奥までねじこんだ。

ぶるりと背後の雄が震えて動きが止まり、深瀬は柚子崎も達したのだろうかとぼんやり思う。

しばらく後、柚子崎が離れると、汗で蒸れていたシャツの背中が急速に冷え、ひどく淋しく感じられた。

のろのろと腰を伸ばし、仰向けになる。すると柚子崎が再びのしかかってきて、キスしてくれた。

嬉しいとも切ないともつかない、メランコリックな感情が胸を満たす。

「どうした」

目尻に滲んでいた涙を指で拭われたら胸が詰まったように苦しくなってしまい、深瀬は柚子崎の背中に両腕を回した。

「深瀬……？」

「いつ、でも……っ」

逞しい胸元に頬ずりする。

「したくなったら、言って、ください。僕、準備、しますから」

「……俺は宿代のつもりで抱いたんじゃないぞ？」

柚子崎の声が低くなる。

好き、とか。

そういう甘ったるい言葉をくれるつもりなのだろうと気がついた深瀬は、とっさに掌で柚子崎の口を塞いだ。

「柚子崎さんに抱かれるの、好きです。すごく悦かった。柚子崎さんは？　楽しんでくれました？」

今までにもそういう言葉をくれた人はいた。どの人も最初のうちは優しくしてくれたし、ちゃんと深瀬を恋人らしく扱ってくれた。でも、長く続いた人はいない。

自分がこんなだからだと、深瀬は理解している。外に出るのはいや、みっともない瓶底眼鏡をいつまでも外そうとしない。流行《はや》りものは知らないし、おしゃれにも興味ない。テレビドラマは、観ているうちに自分だけどうしてこうなんだろうと切なくなってしまうので観ない。

二人きりで部屋で過ごすのはつまらなかったのだろう、深瀬におしゃれをさせて外に連れ出そうとする人は多かった。素直に従えればこうはならなかったのかもしれないけれど、深瀬にとってみればそれは『ちょっとライオンのいるサバンナにウォーキングしに行こう』と言われるようなもので、簡単にうんとは言えない。深瀬は人とは違う、異質な気配を纏った獣たちの世界に暮らしているのだ。

　自分のような男とつきあうのは面白くないだろうなと深瀬も思う。

とどめとばかりに赤倉に痛い目に遭わされて、深瀬は懲《こ》りた。

甘い言葉なんて聞きたくない。ほんのすこし優しくしてもらえたなら、それでいい。セックスしたからといって、特別な関係になれたなんておこがましいことは考えない。

「こんなに熱くなったのは、初めてだ」

　どこかぎこちない声音だったけれど、柚子崎は額にもキスしてくれた。丁寧に扱われる幸福に、深瀬は心から微笑んだ。

「よかった」

　もうしばらく甘えていたかったけれど、そんなことを始めたらきりがなくなる。柚子崎は深瀬の恋人ではないのだ。

　深瀬はそっと身を引くと、ハーフパンツを引き上げ一旦自分の部屋に戻った。汚してしまった上、汗でしっとり湿っている服を新しい下着と寝間着に替えると、ハンドタオルとウエットティッシュを手に柚子崎の部屋に戻る。行為の余韻かまだ下肢に痺れたような感覚が残っているのが、煩わしいどころか愛おしく思えた。

すでに柚子崎も身嗜《みだしな》みを整えており、月明かりの代わりに電灯が煌々《こうこう》と部屋を照らし出している。

深瀬は膝を突き、畳に散った白を綺麗に拭き取った。あたりを見回して、他に粗相をしてしまった場所がないか確かめると、またすたすたと部屋を横切り、廊下に出る。

「お邪魔しました。おやすみなさい」

襖を閉める前にちいさく頭を下げると、柚子崎は戸惑ったような顔をしたけれど、深瀬を引き留めはしなかった。

+　+　+

翌朝、深瀬は携帯のアラームで目を覚ました。手早く畳んだ布団を壁際に寄せ、顔を洗ってから台所に顔を出す。すでに一信と司堂がいて、お互いのエプロンの紐を結び合っていた。仲のいい兄弟である。

「おはようございます」

深瀬も廊下にずらりと並んだフックからエプロンを取る。ここには家族全員分のエプロンが下がっていた。まだ四歳の和人の分まである。

今日深瀬が着ているだぼっとしたシャツは、柚子崎に借りた大きめサイズのシャツの着心地が気に入って買ってみたものだった。裾近くで白から濃青のグラデーションになっており、紺のエプロンと重ねると爽《さわ》やかな色合いが目に涼しい。ぴったりとしたクロップドパンツに包まれた脚がやけに細く華奢《きゃしゃ》に見えてしまう点だけが不満だ。

まずは一晩水に浸けた玄米を入れた圧力鍋を火にかける。今日の朝食は豆腐と油揚げの味噌汁、それからサラダに、ジャガイモと玉葱、ベーコンのスパニッシュオムレツだ。九人分一々作ってゆくのは大変なので、先に具材に火を通したら一人分ずつ深皿に分けてしまう。調味し、多めに牛乳を加えた卵液を流し入れてチンすれば、オムレツの出来上がりだ。時々ベーコンが弾ける音が聞こえてくるけれどそこは気にしない。

加圧された圧力鍋から蒸気が抜けるシュッコシュッコという音をＢＧＭに、山盛りのサラダを人数分の皿に盛りつけていると、一信が調理台の向かいに立った。具材に火が通ったのだろう、菜箸で深皿に分け始める。

「あのさー」

シルバーフレームの眼鏡をかけ、いかにも理知的な風貌をした一信が切りだすと、司堂が素早くあたりを見回した。他の人に聞かれては困る話をするつもりらしい。

「なにかな、一信くん」

耳をぴんと立てた司堂が頷くと、一信がちろりと唇を舐める。

「深瀬さんさー、昨日の夜、孝兄とヤッてた……？」

手元が狂い、大きなボウルが調理台からダイブした。だが、大惨事に至る前に運動神経のいい司堂が横から手を伸ばしてキャッチし、野菜を床にぶちまけることもけたたましい音で畑仕事に勤しんでいるであろう他の子たちの注意を引くこともなく済む。

「え……え!?　なんで……？　もしかして、聞こえてた……!?」

思わずそう言ってしまってから気がつく。これでは肯定したも同然だと。

真っ青になってあわあわする深瀬に、一信と司堂は顔を見合わせた。

「いや、問題集買う金もらわないといけないのを思い出してさ。忘れないうちにと思って行ったら、ちゅーしてたから。まあ、暗くてよく見えなかったけど」

なんてことだ。

大事な兄が自分のような瓶底眼鏡の冴えない男にキスしているのを見てこの子たちはどう思ったことだろう。自分が気持ち悪がられるだけならいいけれど、もし柚子崎が可愛い弟に軽蔑されるようになったら償いようがない。

瓶底眼鏡の奥の瞳に涙を滲ませた深瀬の頭を、司堂が軽く小突いた。

「そういうことは先に言っておけ。そうしたら夜、孝兄の部屋に近づいたりしないから」

「………へ？」

「よく考えたら孝兄が会社の人をウチに連れてくるなんて初めてだし、予想して然《しか》るべきだったのかもしれないいな」

「なあなあ、どーゆーきっかけでそーゆーことになったんだ？」

興味津々で身を乗り出してきた一信から逃げるように流しに張りつき、深瀬は勢いよく首を振る。

「ちょ、ちょっと待って。僕が柚子崎さんと、その、キスしているの見て、い、厭だとか、気持ち悪いとか、思わなかった、の……？」

受験生組二人はまた顔を見合わせた。

「まあ、昨夜以前に見ていたら、マジか⁉って思ったかもしれないいな」

「でも、ちょうど深瀬さんの素顔を見た後だったしー」

「はい……？」

自分の素顔がなんだっていうのだろうか？　混乱していると、司堂が深瀬の瓶底眼鏡を外した。

まじまじと深瀬の顔を覗きこむ二人の背後では、しっぽがぶんぶんと揺れている。

司堂が鬱陶しい前髪を掻き上げ、一信が潤んだ目元を指でなぞった。

「なんだよ、泣いてんの？」

「な、泣いてない！」

「あーあー、ほっぺた真っ赤にしちゃって。昨日見た時も悪くないと思ったが、これはなかなか」

唇を舐める一信は柚子崎そっくりだった。まだほんの子供のくせに、スパダリの片鱗《へんりん》が早くも発現している。

「め、め、眼鏡っ、返しなさい！」

ひょいと上に掲げて避けようとする司堂の手に飛びついて奪還すると、深瀬は素早く瓶底眼鏡を装着して両手で押さえた。分厚いレンズの後ろに隠れると、すこしだけ気が楽になる。

「それにさー、孝兄が誰を好きになったところで、俺たちが応援しないわけないだろー？」

許して、くれるのか。

なんていい子たちなのだろうと感動するのと同時に、つきりと胸の奥が痛んだ。

舞い上がっては駄目。

柚子崎は別に深瀬を好きなわけではない。――ただ、好みだったから誘惑されてくれただけだ。

こんなこと、この子たちには教えられないけれど。

ちらりと時計へと目を遣った司堂が、それまで深瀬が担当していたボウルを取り、盛りつけ始めた。

「ちょっと心配だったんだよな。弟から見ても抜群に男前なのに、孝兄、欠片も女の気配しないし」

一信もフライパンの中身を空にすると、てきぱきと卵液を流しこみ始める。

「結婚もしてないのに八人ものガキ抱えこまされて、しんどくないわけがないんだ。フォローしようにも俺たちはまだガキで弟だし、孝兄には兄としての矜持とか色々あるみたいだし。だから深瀬さんが傍にいてくれるなら、それはそれでほっとするっていうか」

「ま、料理がうまくて弟たちも可愛がってくれる嫁なんて、大歓迎に決まってる」

「は⁉」

とんでもないことを言われたような気がした。

「僕は男です。嫁なんて……馬鹿じゃないですか⁉」

「あれ、深瀬さん、わかってないのか？　今の自分がどう見えてんのか」

一信が菜箸を深瀬に向ける。

「昨日も伶たちと言っていたんだ。深瀬さんて、まるで子沢山の家に後妻に入った幼な妻みたいだって」

「幼な妻って……人を何歳だと思って……」

「年は上かもしれないけど、深瀬さん、俺らよりちいさいしー」

柚子崎の遺伝子が憎らしい。深瀬は高い位置で笑う二人の高校生をきっとなって睨み上げた。

「まあとにかく、孝兄と深瀬さんの恋路については応援するつもりだから、協力して欲しいことがあったら言いなよ」

「はい、台拭き。座卓拭いてきて」

一信がレンジにオムレツの皿をセットしている。サラダも味噌汁もまだ制作途中だ。

「でも、まだ、支度が」

「いいって。なんか今の深瀬さん、台所にいると怪我しそうだ」

「瓶底眼鏡キャラはドジっ子が相場だしな」

一信が弾けるような笑い声をあげる。シニカルな印象がある一信がこんなにも楽しげにはしゃいでいるのを見たのは初めてだ。濯いだばかりの台拭きを差し出している司堂も、ただふざけているわけではないようだった。眼差しがあたたかいし、機嫌よく揺れるしっぽは二人が深瀬を言葉通り受け入れてくれていると証している。

どうして欠片も嫌悪を見せないんだろう。

柚子崎とまるで同じ仕草で司堂にくしゃりと髪を掻き回され、深瀬は逃げるように台所を出た。

彼らの言う通り、台所にいたら本当にとんでもない失敗してしまいそうな気がした。

廊下に出しな、つまずいてつんのめり、やっぱりドジっ子だと笑われる。違うと一応抗議してから、深瀬は横へと目を遣った。

——脇の壁に、胸の前で両腕を組んだ柚子崎が寄りかかっていた。

唇の前に人差し指が立てられる。その目はすこし潤んでいて、兄を気遣う弟たちの言葉を聞いてしまったのだと深瀬にはわかった。

梵天丸と小夏が走ってきて足下にまとわりつく。

深瀬は柚子崎と一緒に黙って座卓の上を拭いた。

無性にキスしたくなってしまったけれど、深瀬は柚子崎の恋人ではない。

＋　＋　＋

その晩の家族会議の冒頭で、深瀬と柚子崎の関係は早速つまびらかにされてしまった。

「これからは、夜、なにかあったら孝兄ではなく、俺か一信に言うこと。また、孝兄と深瀬さんの部屋には近づかないように」

「これ、我が家の新しい掟ね」

司堂と一信がにやにやしながらこう宣言したのだ。

柚子崎だって予期していなかっただろうに動じる様子はない。一方で深瀬は真っ赤になって俯いてしまった。

「なにそれ。まさか、そういうこと⁉」

頰杖を突いた伶がつり上がった目を大きく見開く。

「そういうことらしいぞ」

「深瀬さんが孝英兄さんの……恋人？」

正座のまま生真面目に首を傾ける和真の無垢さに、深瀬はますますいたたまれない気分になった。司堂の視線がちいさくなっている深瀬へと向けられる。

「そうだろ？　深瀬」

「そ、そんな、おこがましいこと、僕は……っ」

柚子崎に申し訳なくて思わず反論しようとした口が、掌で塞がれた。

「んんっ!?」

「そういうことだと思ってくれていい」

柚子崎の言葉におおと子供たちがどよめく。

家族会議の終了が告げられても興奮は冷めやらず、まず和人がやってきて座布団にちょこんと座った。

「ふかせー」

「なっ、なに……？」

「きいてい？」

まだ保育園生なのにぴんと背筋を伸ばして正座している和人は、長兄が大好きだった。自分にも懐いてくれているようだったけれど、今度こそ小舅《こじゅうと》らしいお小言を言われるのではないかと深瀬は身構える。

「なにを……？」

「ふかせはにいにとケッコンするの？」

「え⁉　えーと、それはできないんじゃないかなあ……」

和人同様、長兄の恋人と判明した深瀬に興味津々なのだろう、座敷にはまだ弟たちが全員揃っていた。いつきまで司堂に抱かれ、深瀬の方を見ている。

「そうなの？　よかった。それじゃあね、ふかせ、かずとがおおきくなったらケッコンして。まいあさカラアゲつくって」

誰かがお茶を噴き出した。

「味噌汁じゃなくて唐揚げかよ」

「ね？」

ぴこんと三角の耳が撥ねる。小首を傾げる仕草は、断るのが躊躇《ちゅうちょ》されるほど可愛らしい。

「善処します……」

「うわ、誤魔化した」

無邪気な和人に冷や汗をかかされている深瀬を、弟たちはくすくす笑っている。

「あとねあとねっ」

ずずいと和人が膝を前に出した。

「なあに？」

「なんでおまわりさんがゴリラなの？」

不意を衝《つ》かれた深瀬は笑顔のまま固まった。

どう説明しようか、すこし考える。

「……僕にはあの警官がゴリラに見えたからだよ。毛むくじゃらで、頭の上にちいさな制帽を乗せている、ね」

壁かけカレンダーになにやら書きこんでいた柚子崎が振り返った。

「深瀬」

「はい？」

分厚いレンズの奥から見つめかえすと、柚子崎がたじろいだように視線を揺らす。

「……いや、また軽々しく明かすなあと思って」

「だって柚子崎さんの弟さんですし、隠す必要はないと思って」

瓶底眼鏡の変人をあっさり長兄の恋人に受け入れた子たちである。信じてもらえないとか、馬鹿にされるとは思わなかった。それなのに柚子崎は、はあと溜息を吐いて片手で顔を覆ってしまう。

傍で聞いていた和真がおずおずと口を開いた。

「ええと、つまり、深瀬さんにはおまわりさんが本物の動物に見えてたってこと……？」

「そう」

「へー、他にも動物に見える奴いたりすんの？」

突っこんだのは、まだ部活のジャージ姿のままの空冬だ。笑っているのはなにかの冗談だと思っているからだろうけれど、深瀬は真面目に答えた。

「ええ。というより、僕にはほとんどすべての人が動物に見えるんです」

「俺たちもか？」

「ううん、この家の人たちは全員人間に見えます。耳としっぽがついてるけど」

「わあ、マニアック」

「昨日の……いつきを誘拐しようとした人は、どう見えていたんですか？」

次々と質問が飛んでくる。深瀬はすこし考え、答えた。

「ブランドバッグを持った、フラミンゴ」

「派手な赤のワンピースとか、すごくばさばさしてた睫毛《まつげ》とかは？」

「彼女、そういう格好していたんだ？　僕にはそういうのは全然見えないから」

「ええ？　でもフラミンゴがどうやっていつきを攫《さら》うんだよ」

飽きたのだろう、いつきは司堂の腕の中で身をよじり逃げだそうとしている。

「多分、嘴《くちばし》で服をくわえたりするんじゃないかな。他の人には普通にだっこしているように見えるみたいだけど」

和真は難しい顔をしている。

「保育園に行った最初の日、コヨーテって言ったのは、コヨーテがいたからですか？」

「コヨーテ、だと？」

柚子崎はマジックにキャップをすると、座卓を囲む一団に加わった。

「コヨーテがいたのか？」

「はい、二匹、連れ立って」

「コヨーテって、なに？」

胡座をかいた伶は不思議そうな顔をしている。

「この間テレビで見たよね？　集団で狩りをする犬に似た動物。狡猾で、平気で人を襲う」

「でも、深瀬さんの目にそう見えるだけで、本当は人間なんでしょう？」

禍々しく感じてはいたけれど、深瀬も気にすることないと思っていた。だが、柚子崎の考えは違うらしい。

「ああ。だが、深瀬の目に見える動物は、おそらくその人間の本質を表している」

子供たちの獣耳がぴんと立つ。深瀬も耳があったら立てたことだろう。

「どういうことですか？」

「以前聞いた時、利香子さんがカラスに見えると言ってただろう？　他の職場の人間のイメージは合っているのにどうしてだろうと思っていたんだが、先日わかった。彼女、社内で窃盗を繰り返していたんだ」

「え……っ」

「内々に処理したから公になってないが、日常的に人のものに手を出していたらしい。机の中にしまってある菓子や小銭、会社の備品も。深瀬、彼女がそういうことをしていたと、知っていたか？」

「まさか。部署が違いますし」

「やはり、そうか」

なんだか怖くなってきた。空冬もなにやら考えこんでいる。

「怖い動物に見える人は警戒した方がいいってことか？　でも、コヨーテ見たのは、その時だけなんだろ？」

「……それが実はしょっちゅう見かけるんです。保育園の周りだけでなく、近所でも」

「どんな奴……って聞いても、深瀬さんには人間の顔が見えないのか」

ううんと一信が考えこむ。

「とにかく、皆、身の回りに気をつけるように。深瀬は次、コヨーテや危険な獣を見かけたら知らせろ」

「わかりました」

「あのー」

うんうんと頷き合う子供たちの間で、一人だけ難しい顔をして考えこんでいた大雅が挙手した。

「？」

「実は俺も最近よく見かけるなーって思ってたおっさんがいるんだよね」

皆の耳としっぽが一斉にぴんとなった。

「しかも、昨日、声かけられた」

「ええ⁉」

一気に話が混沌《こんとん》とし始めた。

「なんて声かけられたんだ？」

「や、道教えてって。でも、あんたこの間もこの辺うろうろしていたじゃんって思って。なんか変な眼鏡かけてたから、本人は変装してるつもりだったのかもしれないけど」

「深瀬の亜種か」

ゲーム好きな空冬のコメントに、深瀬は初めて瓶底眼鏡をやめようかなと思った。

「徒歩で？」

「昨日は車だったなー」

「それってヤバくね？　声かけて車に連れこむ気だったんじゃね？」

「あはは、そうかも。乗って案内して欲しいって言ってきたし」

けろりとしている大雅にひやっとする。

「おま……っ、連れ去られるところだったんじゃねーか！」

いつの間にか全員が身を乗り出していた。

「おまえの場合、洒落にならねーんだよ！」

「大雅はさー、自分がツラだけ見れば結構な美少年だってこと、ちゃんと自覚してる？」

「つか、空冬！　おまえなんで大雅一人にしてんだよ！　このぽややんから目を放すな！」

「なんで俺が怒られなきゃなんねーんだよっ！　俺は大雅のお守じゃねーぞ！」

「はい、クールダウンクールダウン」

熱くなった兄弟を司堂が両手を翳《かざ》して鎮める。膝の上でいつきも興奮してあーうーと拳を振り上げた。

「一体、なにが目的なんだろう」

「フラミンゴ女と関係あんのかな？」

いつの間にか身の回りで連続誘拐事件が起きようとしていたと判明し、皆浮き足立っている。

柚子崎が手を叩いて皆の注意を引いた。

「訂正。警戒だけでは足らないようだ。しばらくの間、外での単独行動を禁止する」

はあ⁉　と抗議の声を上げたのは、伶だけだった。同じ高校の同じ学年である一信と司堂は一緒に行動していることが多いし、部活が同じ空冬と大雅もそうだ。和真と和人といつきは、このところ深瀬と行動を共にしている。

「よし。じゃあ伶も明日からは、閉館時間まで俺たちと図書館で勉強することにしよう」

「よかったじゃないか。英語の成績、ヤバかったんだろー？　教えてあ、げ、る♡」

「よけいなお世話だ！」

「ねえねえ、こよーてって、どんなのー？」

ぴこぴことしっぽを振りつつ和人が尋ねる。司堂の膝の上から逃げ出したいつきが、傍に寝そべっていた小夏の背中によじ登った。

「あ、やべ、ステイ、小夏！」

眠そうにあくびした小夏がいつきを背中に乗せたまま起き上がり、とっとっと歩きだす。慌てて腰を上げた一信に追いかけられると、新手の遊びが始まったと思ったのか歩調が速まった。喜んだいつきがきゃっきゃと笑い声をあげる。

緊迫した空気が一瞬で砕け散り、敏捷《びんしょう》な部活組が座敷を飛び出す。和真も席を立って座卓の上を片づけ始めた。伶がタブレットで調べた画像を和人に見せてやっている。

深瀬も洗い物を手伝おうと腰を上げた。

柚子崎はいつものように膝の上に陣取ったミルクを撫でていた。その表情は物憂げだった。

＋　＋　＋

ちいさな瓶に入っているのは、白い砂。それから欠けた桜貝《さくらがい》だ。

柚子崎のデスクの隅に海辺の土産物屋に置いてあるような小瓶を見つけ、深瀬は頬杖を突いた。

顔を近づけてまじまじと眺める。柚子崎には不似合いに思えたからだ。弟の誰かのものだろうか。

それは、買ったものではないようだった。小瓶は使い回しらしく、側面にラベルを剝がした跡がある。

「可愛いですね、これ」

薄手のジャケットに袖を通していた柚子崎の目元がやわらかく緩んだ。

「ああ……それは初恋の人にもらったんだ」

「ハツコイ……」

深瀬は思わず卓上に平行になっていた上半身を起こし、柚子崎を振り返った。もしかして、泣き顔にきゅんときたという人のことだろうか。

「柚子崎さんの初恋って、いつだったんですか？」

「小学校最後の年だったから十二歳だな。……ませてるな」

ジーンズの上に黒いTシャツの裾を出し、カジュアルなジャケットの袖をまくった柚子崎は、いつもより若々しく見えた。髪も普段とは違って軽く後ろに撫でつけただけとワイルドだ。

支度を終え、歩み寄ってきた柚子崎が折れていたらしい深瀬のシャツの襟元を直してくれる。じいっと見つめられ、深瀬はどぎまぎと瓶底眼鏡の位置を直した。

「僕も海に行くとよく、こういう貝を集めました。どこにやってしまったかもうわからないですけれど。大事に取っておくなんて、よっぽど好きだったんですね、その子のこと」

柚子崎が薄く微笑む。

「一夏の間、二人きりで過ごしたんだ。その子の保護者はあまり面倒見がよくなかったらしい。その子は俺だけを慕っていた」

空のトランクを手に歩きだす。週末だった。今日は柚子崎に車を出してもらい、部屋に残してきた荷物の幾ばくかを運んでくる予定だ。

「蜜月のような夏だったな。なんの力もない子供のくせに、俺はあの子を自分のものだと思っていた」

柚子崎はどうしてこんな話を聞かせるのだろう。

柚子崎にそこまで強く想われていた相手が羨ましくて心臓のあたりに不穏なさざなみが湧き起こる。でも、嫉妬などするだけ馬鹿げていた。子供の頃の話だし、なにより深瀬は嫉妬するような立場にない。

台所にいた伶に行ってきますと声をかけ、二人は玄関を出る。戸を開けると同時に陽光に視界を灼かれ、深瀬は目を眇めた。

車で行くと、深瀬の部屋は思いの外近かった。荷物持ちをしてくれるという柚子崎と連れ立って部屋に上がる。なにを運ぼうか頭の中で算段を立てながらトランクを押して廊下を進み扉を開けたところで、深瀬は足を止めた。

「なに、これ……」

部屋の中は散々に荒らされていた。

ワンルームだから一目で見渡せる。クロゼットの中身がぶちまけられ、椅子やテーブルが倒れている。

泥棒だとは思わなかった。

赤倉だ。赤倉に決まっている。深瀬を襤褸《ぼろ》雑巾《ぞうきん》のように捨てようとした狸。あいつがまた、深瀬を傷つけようとしてここに来た。

でも、どうして？

玄関口に立ったままの深瀬の頭の中を様々な光景が駆けめぐる。

狸耳をつけた男がオフィスで成績を褒めてくれた時の取り澄ました顔や、高いワインのボトルを手に夜遅く訪ねてきてサプライズだと笑った声、それから——。

「——深瀬」

背後の柚子崎に両肩を摑まれ、とりとめのない思考が一気に収束した。深瀬は元通り、散らかった部屋の玄関に突っ立っていた。

「大丈夫か？」

尋ねられ、深瀬は答える。大丈夫だと。

「警察を呼ぼう」

深瀬は首を振った。もとより金目のものなどない。

「解雇しようとした上にこんなことをされて黙っているつもりなのか？　おまえはまだ先生に――」

柚子崎も深瀬と同じ人物を犯人だと思っているのがその一言でわかった。責めるような口調に深瀬は顔をくしゃくしゃに歪める。恋とか、そういう感情で繋がっているわけではなかったはずなのに、胸が痛い。

最初はあの人も優しかったのだ。

「悪い。変なことを言った」

「……はい」

「深瀬、こっちを向け」

扉を閉めると、柚子崎は深瀬に自分の方を向かせ抱きしめた。深瀬も柚子崎の背に腕を回し、強くしがみつく。

柚子崎の体温に、軀だけでなく傷ついた心までくるまれるような気がした。

抱かれたい。

突然突き上げてきた強烈な欲求に深瀬は戸惑う。

今すぐこの人に無茶苦茶にされて――なにもかも、忘れたい。

深瀬の心が読めるのだろうか、身を屈めた柚子崎に唇をついばまれ、反射的に口を開けた。欲しいと舌で催促し、深くくちづけてもらう。

深瀬の口の中を荒々しく愛撫しながら、柚子崎がアンダーシャツの裾をクロップドパンツから引っ張り出す。脇腹を直接撫で上げられ、ざわりと膚が粟立った。

下腹に血が集まり形をなしてゆく。こんな状況だというのに、勃起してしまう。

「柚子崎、さん……」

顎のラインから下がってきた柚子崎の唇を受け止めた喉が反り、露わになった白い首筋にうっすらと柚子崎の印が刻まれた。

猥雑な手つきで尻の肉が揉みしだかれ、深瀬は目の前の男にしゃにむにしがみつく。

明確な意図を持った指先が蕾《つぼみ》を探った。

「抱きたい」

艶めいた男の声に、イくんじゃないかと思うくらい興奮する。部屋を荒らされた恐怖が情欲に上塗りされ、消えてゆく。

「あ……」

「早く仕事を済ませよう。終わったら――するぞ」

する？　抱いて、もらえる……？

最後にくんと後孔を押し柚子崎が手を離すと、すっかり発情してしまっていた深瀬は自分の脚で体重を支えられずにへなへなと座りこんでしまった。

「深瀬、どう手伝えばいい？」

靴を脱いだ柚子崎が部屋の中へと踏みこんでゆく。夢を見ているような心持ちの中、深瀬も這うようにして玄関から上がった。

早く、早く。荷物をまとめて、柚子崎に抱かれたい。そうして赤倉のことを全部、忘れたい。

床に散らばっている衣類を必要なものは柚子崎に借りたトランクに、今はいらないものは元通りクロゼットに納めてゆく。空いている場所には、細々《こまごま》とした調理器具も詰めた。

作業が終わると、柚子崎がトランクを引き、深瀬はサラダスピナーやデジタルスケールを入れた箱を抱えて部屋を出た。車に積みこむと、言葉少なに出発する。

そのまま深瀬の部屋でするのが一番簡単だったけれど、心情的に無理だった。家も弟たちがいるから駄目。

途中で道を外れ、ラブホテルに入る。部屋に入るなり深瀬はベッドに押し倒された。

「だ……だめ……っ」

そのまま抱かれてしまいたかったけれど、男の軀は準備をしないことには繋がれない。抵抗すると柚子崎は不服そうに眉を顰めた。

「焦《じ》らすな」

「焦らしてるわけじゃありません……っ、準備しないと、入らないから……。先にバスルームを使わせてください」

「そんなに待てるか」

人の気も知らないで。

深瀬は涙目になってしまった。

「お願い……っ」

揉み合った拍子に外れかけた瓶底眼鏡を取り、柚子崎を見つめる。情欲に滾《たぎ》っていた柚子崎の目が細められ、押さえつける腕から力が抜けた。

「仕方ないな……」

深瀬は身をくねらせるようにして柚子崎の下から抜け出すと、バスルームに飛びこんだ。明かりをつけ、鍵をかけようとしてぎょっとする。鍵がない。

諦めてそのままにし、トイレで下処理を済ませてシャワーを浴びる。ほぼ綺麗になると湯は流したまま、床に膝立ちになってオイルのパッケージを開けた。壁に手を突いて脚の間に手を忍ばせる。

「ん……っ」

オイル塗れにした中指を、中に埋めこむ。己の指とはいえ、入ってくる感覚に膚が粟立った。

早くここに、柚子崎のが欲しい。

マッサージするように動かし、肉壁をほぐしてゆく。時々指先がいいところをかすめると、ひくんと腰が撥ねた。

「んっ、ん、ん……」

前が震えながら勃《た》ち上がろうとしている。いつもはこんなふうにはならないのに、興奮しているからだろうか、感じてしまって仕方がない。本番はまだこれから、事務的に済まそうと思うのに、腰が淫らに揺れてしまう。

——もし、こんなことしているところを、柚子崎に見られたら——。

そう思ったらますます軀が熱くなってしまい、深瀬は赤面した。声を殺してふうふう喘ぎながら必死に指を動かす。

熱い。

その時、熱気に包まれていたバスルームに涼しい風が吹きこんできた。気持ちいいと思ってから、深瀬ははっとする。

どこからこんなに涼しい風が吹きこんできた……？

「え……？　あ、どうして……っ」

柚子崎が鍵のついていない扉を開けてバスルームに入ってきていた。右手を上げ、ガラスめいた質感の壁を軽く叩く。

「この壁、マジックミラーだ。明かりをつけると中が見える」

「————っ！」

見られて、いたのだろうか。

自分で中を慣らそうとしていたところも、淫猥に揺れる腰も——全部？

すでに柚子崎は上半身裸になっていた。喋りながら、手早くジーンズも脱いでゆく。

「だ……だめ、来ないで……っ」

挿入していた指を抜き、深瀬はベビーピンクのタイルの上を這うようにして後退った。

でも、ゆったりと近づいてくる柚子崎から逃れるなんてことはもちろんできなくて、抱えこまれて中に指を挿れられてしまう。

すでにたっぷりと濡れている柔らかな壁をにゅくにゅくとこねられ、甘いおののきが走った。

「やっ、そこ……っ、そこはだめ、だから……っ」

自分でするのとは全然違う荒っぽい愛撫に翻弄《ほんろう》されて、深瀬はびくびくと中を痙攣《けいれん》させる。感じる場所を探り当てられ執拗にいじられれば細い泣き声があがった。

「おまえの泣き顔、最高にそそる」

手早くゴムが装着される。

そのままバスルームで、貫かれた。

降り注ぐ湯の下、両手と両膝をタイルに突かされ、後ろから責め立てられる。

「柚子崎さん……っ、柚子崎さん、や……っ、そんなに激しくされたら、僕……っ」

丹念に仕こまれた肉洞は、柚子崎の雄をすんなりとくわえこんだ。

太く逞しい雄に容赦なく追い立てられる快感に、深瀬は弱々しい悲鳴をあげる。泣き声めいた嬌声が反響し、ピンク色のバスルームはさらに淫らに染めあげられた。

気持ちいい……。

柚子崎の腰づかいは絶妙だった。荒っぽいのに苦痛を与えるギリギリのところで踏みとどまっている。弱みばかりを狙《ねら》い打ちにされて、深瀬はひんひん泣かされた。

どこもかしこも蕩けてしまいそう。

柚子崎を呑みこんでからまだそう経たないのに、肉洞がひくつき始めている。この貴重な時間をじっくりと噛みしめて味わいたいのに、すぐに昇り詰めてしまいそうだ。

「あ……っ、あ…………！」

来る。

ずん、と奥を突かれ、深瀬はかくりと肘を折った。

軀の奥底から熱いものがこみ上げてくる。普通に男として暮らしていたのなら知るはずもない、雌《めす》の喜悦だ。

「あ……」

ただ射精するのとは違う、強烈な多幸感に目が眩む。

白濁が放たれ、湯に交ざり流れていった。恍惚《こうこつ》として眉根を寄せ法悦を味わう深瀬の中はまだびくびくと痙攣しており、柚子崎に深く感じ入っていることを明かしてしまう。

「ん……っ」

腰を摑む指に力が籠《こ》もった。ぐりぐりと切っ先を奥に擦りつけられ、深瀬はひああと甘い悲鳴をあげる。柚子崎も達したのだろう、緩慢に数度深瀬の中を突くと動きが止まり、猛々しく脈打っていたモノが抜き出された。

シャワーの湯が膚を打つ。柚子崎の手が離れると、深瀬は流れる湯の中にくずおれた。起き上がる気になれなかった。

柚子崎に抱かれると、どうしてこんなにも気持ちよくなってしまうのだろう。腰に指が食いこむ痛みも、中を穿《うが》たれるたびに湧き上がる甘い痺れも忘れたくなくて、深瀬は頬をタイルにつけたまま反芻する。

ぼんやりしていたら、柚子崎がコックを閉めたのか、湯が止まった。力強い腕がくったりとした深瀬の軀を抱き起こし、バスタオルに包んでくれる。

「柚子崎、さん……」

「ベッドに移動しよう。立てるか？」

艶めいた笑みに勝手に頬が上気する。必死に脚に力をこめて、ふらつきながらも立ち上がると、柚子崎がベッドまで誘導してくれた。

まだぼーっとしていられるだけの時間はある。

深瀬は柔らかな枕に頭を乗せ、とろとろと微睡《まどろ》んだ。

「眠いのか？　深瀬」

ぎしりとベッドが揺れる。重い瞼を開き見上げると、柚子崎がペットボトルのミネラルウォーターを飲んでいた。真っ白なバスローブから覗く胸元やすこし陽に焼けた腕がセクシーで、深瀬はふんわりと微笑む。

「お水……」

「欲しいのか?」

ボトルを渡して欲しいと言ったつもりだったのだけれど、柚子崎はペットボトルの水を一口含むと、深瀬の唇を塞いだ。口移しに水を与えられた末、おまけとばかりに口の中をぐるりと舐められ、腰が震える。

「や……」

「いや、か?」

ベッドヘッドにボトルを置いた柚子崎は身を屈めると、改めて深瀬の唇を吸った。キスされるのは好き。

緩慢な舌の動きにうっとりと感じ入っていると、胸元になにかが触れる。柚子崎の手だ。深瀬のちいさな乳首を、摘まんだり引っ張ったりして遊び始める。

「ん……だめ……」

先刻絶頂を極めたばかりの軀は敏感だ。いじられるたびにちりりと切ない痺れが生まれ、腰が疼く。

腰を隠していた上がけを剝き、柚子崎が深瀬に寄り添うように横になった。もぞもぞしている深瀬を抱き寄せ胸元の粒にくちづける。さらに反応し始めていたペニスまでも掌に包みこまれ、深瀬は息を荒げた。

音をあげるまで、そう時間はかからなかった。

「柚子崎さん……もう、いやです……。挿れてください……」

自分から誘うように脚を開くと、柚子崎はいい子だと褒めてくれた。一回目で軀が慣れたからだろうか、二回目も泣いてしまうほど気持ちよく、家に帰ったらなかなか思いきり乱れる機会はないと思うと終わりを迎えるのが惜しくて深瀬は三回目をねだってしまった。

+ + +

なおんという細い鳴き声と共に顔を舐められ、目が覚めた。深瀬はふっと顔を綻ばせ、白い猫を撫でる。

「あー……梵天丸と小夏もいてくれたんだ……」

動きにくいと思ったら、二匹の犬が布団の上で丸くなっていた。

すでに外は暗い。体勢を変えようとすると、ばきばきに凝《こ》り固まった軀のあちこちが軋《きし》む。すこし無茶な姿勢で延々と交わってしまった結果、腰が使い物にならなくなってしまい、深瀬は帰宅すると同時に柚子崎が敷いてくれた布団に横になった――ということが、だんだんと思い出され、深い溜息が漏れた。かすかにおいしそうな匂いがするということは、深瀬がするはずだった夕食の準備も終わってしまっているのだろう。

ゆっくりと起き上がる。二度三度腰をひねって軽く躯をほぐすと、深瀬はよろよろと立ち上がった。ミルクを肩に乗せたまま、大小の犬二匹を足下に纏わりつかせて賑やかな座敷の方へと歩いてゆくと、ミトンをはめた両手で大きな鍋を持った柚子崎が台所から出てくる。

「ああ、目が覚めたか」

今夜のメインはソーセージやジャガイモ、ニンジンがたくさん入ったポトフのようだ。

「おはよー。大丈夫か、深瀬。眠そーな顔してっぞ」

「ん……なんか今日は、疲れちゃったみたい……」

手伝ったりしたら逆に皿を割ってしまいそうで席に着くと、子供たちがわらわらと寄ってきて、お茶を運んだり箸を渡したりと世話を焼いてくれた。

食卓が整うといつものように全員でいただきますをして、食事が始まる。疲れたといっても理由が理由なので深瀬もしっかり食べた。綺麗になった食器を運んだ後もまったりしていると、部活組の片割れの大雅が寄ってくる。バスケットボールをしているだけあっていい躯をしているけれど、この子は髪の色が明るく膚も白く、兄弟の中では雰囲気が柔らかい。ぽややんと評されるのも納得のマイペースなところがある。

「深瀬さんはさー、最初から人が動物に見えたの？」

深瀬のこれはまだ子供たちの間ではホットな話題だった。

「ううん。子供の頃は他の人と同じように普通に見えてたよ」

「え、じゃあなんで動物に見えるようになったの？」

お茶を飲んでいた他の面々の耳がぴんとそばだてられる。

「両親に置き去りにされたのがきっかけかな」

「置き去り⁉」

大雅の眉間に皺が寄った。

「別にその辺に置いていかれたわけじゃないよ？　母方の祖父母の家に預けられたんだ」

夏休みが始まったばかりの頃だった。

「朝起きたら、同じ部屋で寝ていたはずの父も母もいなくなっていた。駄々をこねられると思ったのか、僕には一言も言わずに」

後で両親は借金を抱えてしまったのだと聞いた。子供に手が回らないほど大変な状況だったらしいけれど、深瀬にとっては置いていかれたという一事がすべてだ。

深瀬が祖父母に会ったのはその時が初めてだった。

面倒は見てくれたものの祖父母はそっけなかった。いきなり押しつけられた孫をどう扱っていいかわからなかっただけかもしれないけれど、当時の深瀬にはそんなこと、わからない。近所の人たちは表面上は優しかったが、ある時陰で勝手な噂話をしているのを深瀬は聞いてしまった。

——すごい借金を作っちゃったんですって。

——子供捨てて逃げるなんて信じられないわね。

——青くん、可哀想。

——でも、借金こさえて逃げるような人の子なのよ。変なこと教えられちゃかなわないから、うちの子にはあの子とは遊ぶなって言ってるの……。

いつもにこにこして、飴をくれたりする人たちが意地の悪い喜びも露わに家族のことをあれこれ言っている。相手によってまるで違うことを平気で言える彼らが、深瀬は理解できない怪物のように思えた。

人の顔が変に見えるようになったのは、その頃からだ。

「祖父母の家は海から近かったから、毎日僕は海岸で過ごしたんだ。だんだんと祖父母も人間に見えなくなってきていて、家にいるのも怖かったし」

人口の少ない寒村である。すぐ傍の漁港には始終人が出入りしていたけれど、砂浜に来るものは滅多にいなかった。たまに現れる地元の子供たちは親の言いつけを守って深瀬に近づこうとしなかったし、深瀬も彼らに話しかけたりしなかった。両親が迎えに来るまでの二ヶ月間に深瀬と遊んでくれたのは、近くの別荘に遊びに来ていた男の子だけだ。

「その子だけはすごく僕によくしてくれて最後まで人間に見えてたのに、もう名前も覚えていない。夏の終わりに突然両親が帰ってきて、その日のうちに新しい家に連れていかれたから、さよならさえ言えなかった」

再会した両親もまた、人間には見えなくなっていた。深瀬はまだ幼かったけれど、両親がオオサンショウウオに見えるなんて言ったらまずいことくらいはわかっていた。

――いつの間にか座敷はしんと静まりかえっていた。満腹で寝入ってしまったいつきと和人以外の全員が微妙な顔をしている。

「それって、いつの頃の話なんだ？」

座卓に寄りかかって聞いていた司堂に尋ねられ、深瀬は記憶を探った。

「八歳の時だったと思うから……十八年くらい前かな」

「十八年……」

柚子崎がちいさな声で呟く。司堂が軀をひねり、柚子崎を見た。

「なあ、深瀬さんって、孝兄の初恋の人じゃね？」

「は⁉」

「だって、ちょうどそれくらいじゃなかったっけ？　孝兄が一夏を海辺で過ごしたって言うの。親のいない泣き虫の子がいて、めっちゃアピールしてたのにある日突然いなくなっちゃったって話、おまえも聞いただろ？　オヤが離婚するのしないのって騒ぎの時で鬱《ふさ》いでたけど、その子のおかげで気がまぎれたって——」

「司堂！」

一信が司堂の口を塞いだ。柚子崎は初恋の人について語った時と同じ目を深瀬へと向けている。

深瀬は曖昧に微笑んだ。そんな偶然があるわけない。海辺の町で夏を過ごした思い出を持つ子供なんて星の数ほどいる。

——柚子崎は深瀬が子供の頃集めたのと同じ貝殻を大事に保管していたのに？

金平糖の瓶だ。

唐突に思い出す。貝殻を入れていたのはあの子が持ってきた金平糖の瓶だった。もっと大きかった気がするのは、あの頃の自分たちが小さかったからだろう。ちょうど柚子崎のデスクにあったのと同じ、ずんぐりとしたフォルムをしていた。

「おまえな、そういうのは俺たちじゃなくて、孝兄の口から言うべきなんだよっ」

「あれ？　俺、感動の再会に水を差しちゃった？」

しっぽが揺れている。二人だけではない、あちこちから嬉しそうにしゅっしゅっと畳を擦る音が聞こえてくる。

柚子崎は否定する言葉を口にしない。本当に柚子崎があの子なのだろうか。

最初から人に見えたのも、柚子崎があの時のあの子だったから……？

まさか。

深瀬はふらりと席を立った。

「深瀬さん?」

「ふかせ?」

引き留めようとする声など聞こえないかのように、与えられた小部屋へと急ぎ、後ろ手に戸を閉める。

引き手に手をかけたまま、深瀬は深呼吸した。

あの頃、深瀬はまだ子供で、日々悪化してゆく世界をただ見ていることしかできなかった。でも、脅《おび》える深瀬の手を引いて、綺麗な貝を探しに行こうと誘ってくれた子がいた。自分たちしかいない——獣に脅《おびや》かされることのない——白浜をさまよい歩く二人のちっぽけな子供の姿が脳裏に浮かぶ。あの子がいたから深瀬は一夏をなんとかしのげたのだ。

でもあの子も、あの時苦しんでいたのだろうか。

——スパダリめ。

あの時見た青海原のきらめきが血管の中を流れ、全身に広がってゆくような気がした。

あの子のことは最初から好きだったけれど、会えなくなってからさらに好きになった。

深瀬に誠実に接してくれたのはあの子だけだった。会えないのが淋しくて淋しくて、深瀬は海に行くことばかり考えていた。でも、親は祖父母のいる海に行きたいなどという我《わ》が儘《まま》を聞いてはくれず、とうとう諦めた深瀬は捨ててしまったのだ、あの子とお揃いの瓶を。

もう二度と会えないのに、思い出すのはつらかったから。

それでも、事あるごとに願うのはやめられなかった。海に行きたい、と——。

「深瀬。入っていいか」

襖越しに聞こえてきた声に、深瀬は肩を震わせた。

艶のある落ち着いた声は、柚子崎だ。

「駄目……っ、駄目、駄目です……っ」

首を振ったところで意味などない。廊下と部屋を隔てるのは頼りない襖だけ。その気になれば、簡単に押し入れる。だが、柚子崎は無理矢理入ってこようとはしなかった。

「じゃあ、このままでいい。聞いてくれ」

深瀬は思わず耳を塞いだ。怖かった。なにが怖いのか自分でもわからないけれど、軀の震えが止まらない。

「確証が得られなかったから今まで黙っていたが、俺は子供の頃からおまえが好きだった」

でも、どんなに強く押さえたところで、柚子崎の声は閉め出せない。言葉の一つ一つが鮮烈に耳に刻みこまれてゆく。

「あの夏。岩陰で泣いていたおまえを見つけた瞬間にきゅんときた。おまえは可愛いかったからな。くしゃくしゃになった顔がすごく不細工で——」

「不細工だったんじゃないですか！」

「そこが可愛かったんだ。懐いてくれてからはますます可愛くなった。おまえは俺が守ってやるんだと初日にはもう決意していたし、毎日おまえを独占できて、幼い俺は有頂天《うちょうてん》だった……」

柚子崎が頼りない子を放っておけないのは、この記憶のせいだったのかもしれない。

「僕は男、なのに」

「ああ、あんまり可愛いから、最初は女の子だと思っていたんだ。何日もしないうちに違うと気がついたが、その時にはもう、性別なんてどうでもよくなっていた」

「小学生なんて、ほんの子供です」

「だが、三つ子の魂百までって言うだろう？　あの時俺の中に、おまえへの恋心が刻みこまれてしまったんだ」

深瀬は部屋の隅に座りこんだ。立てた膝を抱き壁に寄りかかる。

「いきなり消えてしまった時には絶望的な気分になった。あの時の俺にとって親より大事な存在だったからな。しばらくの間は、どこに行ってもおまえの姿を探した。――そのうち諦めたが、惹《ひ》かれるのはおまえに似た子ばかりだった」

深瀬は泣きそうになってしまった。

嬉しい。

嬉しくて嬉しくて、胸が粉々に砕けてしまいそう。

「ただの同僚だと思っていたおまえの素顔を初めて見た時は、雷が落ちたような衝撃を覚えたよ。

記憶の中にある子そっくりで――欲しくてたまらなくなった。あの夜の件についての責任は全部俺にある。酔っていたとはいえ、欲に負けて酷いことをした」

ではあれは、気まぐれではなかったのだろうか。ちゃんと深瀬を抱きたくて抱いてくれた？

「酷くなんか、なかったです。優しくしてくれたんですよね？　そうでなければ、それこそ酷いことになったに決まってる」

襖が滑る音がかすかに聞こえた。カーテンを引いたままのせいで薄暗い部屋の中に、柚子崎が踏みこんでくる。

「そういう風に、なんでもかんでも許すのはやめろ。俺のことも簡単に許すな。責任を取れと詰《なじ》れ」

柚子崎が深瀬の前に膝を突く。この男に責任を取らせたところで罰《ばつ》にならないのは明白だった。

ふっと魔が差す。

もしかして『罰』として責任をとらせれば、自分はずっとここにいられるのだろうか？　可愛い子供たちと、ミルクと梵天丸、小夏に囲まれて暮らせる……？

なにがなんでもここに居座るつもりだったのに、贅沢《ぜいたく》すぎる夢に深瀬はたじろぐ。だって本当に自分なんかがこの人の手を取っていいのだろうか。

だから深瀬は弱々しい声で反駁《はんばく》する。

「柚子崎さんだったら、いくらでもいい人を選べるのに」

「誰を選んだところで、しょせんおまえの代役だ」

「僕はまともに人の顔を見ることもできない」

「そんなことは問題じゃない。弟たちはちゃんと人間に見えるんだろう？」

「そう、だけど……」

「なら、十分だ」

「でも……」

距離が詰まる。深瀬の躯を囲うように、柚子崎が壁に手を突いた。

「それとも、俺のことなんて、嫌いか？」

弾かれたように顔を上げた深瀬のすぐ目の前に柚子崎の顔がある。

深瀬は動けなくなってしまった。

言葉こそやわらかかったが、柚子崎の双眸には拒絶を赦さない強い意志が感じられた。

怖い。けれど、嬉しい。嫌いだなんて言えるわけない。

最初から深瀬は陥落しているも同然だった。

「そんなこと言うなんて……狡いです……」

「俺のものに、なるな？」

唇が、触れる。

深瀬は睫毛を伏せた。

軽く閉じられていた唇を舌先で擽られ、従順に口を開ける。壁に押しつけられるようにしてくちづけが深められ、深瀬は両手を柚子崎の背に回した。

濡れた唇が離れ、じゃれ合う獣のように額を触れ合わされると、ちいさな声でねだる。

「もう一度、言ってくれますか？　――好きって」

深瀬の唇を甘く吸ってから柚子崎が言った。

「深瀬が好きだ。もう放さない」

これは夢ではないのだろうか。

――ずっと。深い森の中、一人さまよっているような気分だった。

周囲にいるのは動物ばかり。両親に至っては表情を読みとることもできない両生類で、たまに人間に見える人も深瀬を傷つける。

でも、柚子崎は全部を知った上で、自分に求愛してくれている。

あんまりにも幸せで深瀬は柚子崎の胸に顔を押しつけた。

「僕も、好きです。柚子崎さんが、好き」

顔を上げて深瀬からもくちづける。唇を吸い合い、二人は固く抱擁を交わした。

＋　＋　＋

翌日は日曜日だった。柚子崎の部屋で目覚めた深瀬は、しばらくの間、布団の中でぼんやりしていた。

柚子崎も同じ布団で眠っている。

昨夜はキスをたくさんした。昼間、腰砕けになるくらいシた後だったからセックスはしなかったけれど、幸福だった。

柚子崎の言葉は嘘偽りないと信じられる。

勝手に顔が笑み崩れてしまい、深瀬はタオルケットを引き上げる。

でもすぐに廊下をぱたぱたと走る足音が聞こえ、深瀬は枕元に置いてあった眼鏡を手に取った。

足音は一旦部屋の前を通り過ぎていったけれど、隣の部屋——深瀬の部屋だ——の襖を開けるとすぐに戻ってくる。

すぱーんと勢いよく襖が開け放たれた。

「孝英兄さん、大変、深瀬さんがいない——あ」

和人の手を握り、乱入してきたのは和真だった。兄の布団に深瀬もいるのを目にし、固まっている。その足下を梵天丸と小夏が走り抜けた。

「駄目だよ、梵天丸、小夏。ステイ!」

でも、興奮した犬たちは和真の命令など聞かず、お寝坊さんを起こすという使命を果たそうと飛びかかる。柚子崎の足下で丸くなっていたミルクがしゃーっと毛を逆立て、うるさいとばかりに猫パンチを繰り出した。

「んー。もう、朝か……」

剝き出しの腕がくしゃくしゃになったタオルケットの中から伸びてきてスマホを取る。その間に和真はようやく梵天丸と小夏を捕まえた。

「あの……ごめんなさい、お邪魔しました……」

赤い顔で頭を下げる和真の横を、今度は和人が通り抜け、勢いよく深瀬の上に飛び乗る。

「和人！」

「ふかせ、おきて。ばななせーき、つくって」

「ああ、そっか……」

上に跨がった和人にゆさゆさと全身を揺すり急かされ、深瀬はそういえば週末になったら作ってやるという約束をしてたっけと思い出した。

「わかったから、揺さぶるのやめて。お着替えしてくるから、ちょっと待って。和人くんもちゃんとお顔洗わないと」

「ん。じゃあね、おだいどこで、まってる」

嵐のような二匹と二人の子供が去ると、深瀬はほうと溜息をついた。隣で片肘を突いた柚子崎は淡い笑みを浮かべミルクを撫でている。

「深瀬」

手招きされ近づくと、キスされた。

睫毛を伏せ、うっとりと柚子崎の舌の感触を、恋人らしい朝を味わう。本当にこんなに幸せでいいのだろうかと怖くなってしまうくらい、理想的な朝だ。

ハーフパンツと大きめサイズの黒Tシャツに着替えると、深瀬は台所に顔を出した。このTシャツは十枚セットのお買い得商品だったらしい。柚子崎家の保育園組以外全員がお揃いで持っているのを、深瀬も一枚もらったのだ。

ミルクセーキはバナナと牛乳、砂糖と氷をミキサーにかけるだけという簡単おやつだった。年長組にレシピを教えて監督役に回ったところでなに気なくスマホを確認すると、ハリネズミからのメールを知らせるアイコンが表示されていた。昨夜のうちに来ていたのに、柚子崎と想いを伝え合うのに夢中で気づかなかったらしい。

深瀬は同僚たちと交流こそしていなかったものの、有事に備えメールアドレスだけはスマホに登録していた。昨日部屋の惨状を見た後にハリネズミに変わりはないかとメールしてみたのを思い出し、本文を開けてみる。

流し台に寄りかかり、文字を追う。長文のメールを読み進めるにつれ、深瀬の表情は強張っていった。

ハリネズミのメールはまず、仕事の愚痴から始まっていた。知らなかったけれど、深瀬の抱えていた案件数は部内でも一、二を争う多さだったらしい。割り当てられた面々は悲鳴をあげた。外国部の仕事には期限がある。日本で出願したら一年以内に手続きをしなければならない。でも、ミスをしたら大きな損失を生む可能性がある。絶対に手は抜けない。つまり、簡単にスピードアップできない。

一方で、騒ぎの元凶である赤倉は微妙な立場に追いこまれつつあった。深瀬の話が広まったのをきっかけに、噂話に疎い面々にまで過去の社内不倫が露見したのだ。お相手の中に自分の縁故で入社した者もいると知った別のパートナーが激怒、こんな者がいては会社の品位が損なわれると他に働きかけているのだという。いくら赤倉でもパートナー会議で決定されれば、会社から排斥される。

事務の女の子にも袖にされた赤倉は荒れた。問題は、怒りの矛先だ。

——おまえ、柚子崎と仲がよかったのか？

殴られ失神した深瀬の面倒を見たこと、さらに後日、深瀬を復職させるべきだと意見したせいで、柚子崎は赤倉に目の敵《かたき》にされているらしい。先日は深瀬がどこにいるのか教えろと、皆の見ている前で大声で怒鳴りつけていたという。——知りたいなら、直接深瀬に電話でもメールでもすればいいのに。

「バナナセーキ、簡単なのに滅茶苦茶うまいな。腹に溜まるし」

「だけどよー、まさかこれが朝食っていうんじゃねえだろ？　うまいけど、足りねえ。なあ、深瀬、朝飯、なににするんだ？」

　深瀬がスマホから顔を上げる。目が合った刹那、空冬がついと一歩下がった。

「……どした？　空冬」

　大雅に問われぶるぶると首を振った空冬の耳が後ろにへたりと寝ている。

「――そうだね。たまには、パンにしようと思うんだ。食パンとコッペパン、両方使って。具はツナと玉葱、卵とマヨネーズ、ハムとチーズとレタス、それからアボカドディップあたり、どう？」

「いいね」

　司堂が頷き、早速冷蔵庫を開けて材料を取り出し始めた。

「腹減ってる奴、手伝え。手洗って、エプロンしてこい」

「玉葱は水にさらして辛みをとってからみじん切りして、マヨネーズと一緒にツナとあえて。切った食パンの耳もトースターで焼くと、カリカリしておいしい」

「お、おう……」

　エプロン取ってと叫びながら、フックの下でぴょんぴょん跳ねている和人の横で、空冬は微妙な顔をしている。ゆで卵を作る役やレタスを洗う役などなどを割り振ると、深瀬は食パンの耳を削ぎ落とし始めた。ふわふわの生地を潰さないために刃を滑らせるようにして包丁を使う。

　俯いているので厚い前髪が垂れ、不格好な眼鏡を覆う。椅子によじ登った和人が、パンにチーズとハムを載せ始めた。ぐつぐつと湯の沸く音が聞こえる。軽快な包丁の音も。

いきなりダンという包丁を叩きつける音と共に、パンの耳が跳んだ。驚いた子供たちのしっぽと耳が一斉に立ち上がり、和人が突然目の前に飛んできたパンの耳にきょとんとする。

深瀬はゆっくりと、やけに穏やかな口調で告げた。

「悪いけど、後のこと、お願いしていいかな？　柚子崎さんと話さなきゃいけないことがあるんだ」

空冬がそれとなく守るように和人の肩を抱きつつ答える。

「あ……あー、じゃあ、邪魔しないようにするわ……」

「ありがとう」

一瞬だけ口角を上げ、深瀬は包丁を置いた。エプロンの結び目を解きながら歩きだす。

料理をして落ち着こうと思ったけれど、考えているうちにむかむかしてきた。

自分の代わりに柚子崎が赤倉の標的にされている？　人前で怒鳴りつけられた？

――なにそれ！

どかどかと足音も荒く廊下を突き進む。座敷で伶がいつきをあやしているのが見えた。梵天丸と小夏もいる。いつも深瀬を見ると喜んで駆け寄ってくるのになにを感じ取ったのか、今は耳をぴんと緊張させたまま動かない。

すぱんと勢いよく襖を開けると、柚子崎はまだ部屋にいた。ハーフパンツとシャツに着替えてはいるけれど、布団も上げていない。

深瀬は柚子崎の前まで行くと、正座した。

「お聞きしたいことがあります」

常にない厳しい表情に、柚子崎も深瀬の方へと軀の向きを変える。

「どうした」

「僕のせいで赤倉先生に目の敵にされていると聞きました」

「誰にだ？」

「そんなこと、どうでもいいです。――どうして言ってくれなかったんですか」

休日二日目の朝、無精髭が濃くなり始めた顎を柚子崎が掌で擦る。スパダリらしくいつも身綺麗にしている柚子崎がこんな姿を見せるのは珍しく、深瀬は知らない人と対峙《たいじ》しているような錯覚を覚えた。

「別にいいだろう？　そんなこと、どうだって」

「いいわけないでしょう⁉　原因は僕なんです。僕、赤倉先生と話をつけてきます」

そう宣言したら、柚子崎の顔色が変わった。

立ち上がろうとした深瀬の手が摑まれ引き戻される。強い握力に深瀬は動揺した。

痛い。

柚子崎は、今まで一度だって深瀬に苦痛を味わわせたりはしなかったのに。

「駄目だ。先生は今、頭に血が上っている。なにをされるかわからない」

「でも、僕のせいで柚子崎さんが不利益を被《こうむ》るようなことがあっていいわけない！」

柚子崎の手を振り解き、深瀬は足早に部屋を出た。隣にある自分の部屋へと向かうと、すぐ後ろを柚子崎も追ってくる。

「おまえが行ったところで、火に油を注ぐだけだ。なんにもならない」

かあっと全身が熱くなり、深瀬は足を止めた。

柚子崎は深瀬をなんだと思っているのだろう。なにもできない子供か？

くるりと振り返って反論しようとして目を見開く。柚子崎の頭の上に、一対の耳が生えていた。弟たちと同じ、先端のエッジが丸くなった三角形。黒っぽい毛が外側にびっしりと生えている。

「――なんにもならない？　確かに僕は頼りないかもしれないけど、これは僕の問題です」

「駄目だ、行くな」

深瀬はかまわず軀の向きを戻すと、服をしまってある押し入れへと向かった。胸が厭な感じにどきどきした。どうして柚子崎の頭に耳が生えているんだろう。

襖を開けて下げてある衣類の中からワイシャツを選び出す。でも、ハンガーから外すより早く、横から伸びてきた手に奪われた。

「なにするんですか⁉」

「あいつに会いに行くのは許さない」

高い位置から見下ろされて反射的に後ろに下がった深瀬の腰が押し入れの棚にぶつかる。

柚子崎が、怖い。

声が震えてしまわないよう腹に力をこめつつ、深瀬は反駁する。

「僕を止める権利なんて、あなたにはありません」

柚子崎が——笑った。

「深瀬。確かにおまえは頼りなさすぎる。直談判しに行ったところで百戦錬磨の先生に掌の上で転がされるのが落ちだ。——最初は可愛いと言われたからだったな。次はどんな言葉で躯を開くんだ？」

深瀬は愕然《がくぜん》とした。

なにを言っているのだろう、この男は。昨夜好きだと言ったばかりの深瀬が、他の男に抱かれると思っているのだろうか？

「ば……馬鹿にしないでください……っ！」

柚子崎の姿が変わってゆく。

「そんなにあいつに会いたいか」

低い声はいつもと変わらない。でも、なめらかだった腕も無精髭が生えている程度だった顔も今や剛毛で覆われていた。着ていた部屋着は消え失せ、骨格までも変わってゆく。

唇の端から突き出てきた牙《きば》は捕食者の証だ。逃げないと、食べられてしまう。

身を翻し、深瀬は部屋から飛び出そうとした。でも、視界が回転し、気がついた時には畳の上に投げ出されていた。痛みはなかったけれど、今や獰猛な獣と化した柚子崎にのしかかられ、深瀬は恐怖に喘ぐ。

ずっと犬なのだと思っていた。

この家の子供たちの耳としっぽは梵天丸や小夏によく似ていたからだ。でも柚子崎の姿を見てようやくわかった。

犬じゃない。狼《おおかみ》だ。

人には御せない、恐ろしい野生の獣。

「仕方がない。おいたなどしに行けないよう、足腰を立たなくしてやる」

ねろりと頬を舐められ、深瀬は竦んだ。

雄狼は大きかった。犬なんてサイズじゃない。しっぽの先までの長さを比べたら、きっと人間の姿の時の柚子崎より大きい。

「やめて、ください。大声を、出しますよ」

恐怖に喉がうまく動かない。ぎこちない声音で脅すと、狼の喉がぐるると鳴った。

「好きにしろ。弟たちにおまえの兄はどうしようもない屑《くず》だと教えたければ教えればいい」

深瀬は唇を噛んだ。

そんなことができるわけがなかった。

あの子たちは兄を信頼しているのだ。兄以外に、頼る者もいない。

「どうした？　大声を出さないのか？」

尖った歯を剝き出しにして、狼が笑う。

「このちょろさで、よく馬鹿にしないでなんて言えたものだ」

「や……っ」

無造作にシャツの中に頭を突っこまれ、深瀬は悲鳴をあげそうになった。素肌の上を滑ってゆく毛皮の感触が場違いに心地いい。揃いの黒Tシャツは、体格のいい柚子崎や司堂が余裕で着られるだけあり、狼の進入を妨げてはくれなかった。

「あン……っ」

ひらひらと、生あたたかく濡れたものが胸の尖りを刺激する。狼に舐められているのだと気がついた深瀬は、脚を突っ張りずり上がろうとしたけれど、前肢にシャツの裾を踏まれていた。

「い、いや……」

ひんやりとした鼻先に、感じやすい粒がこね回される。どんなに身悶《みもだ》えても、逃れられない。

「は……っ、は、はあ……あ……」

甘い痺れに浸食される。

膚が粟立つほど恐いのに、ギリギリまで研《と》ぎ澄《す》まされた神経はいつもより敏感に快楽を拾い上げた。刺激された乳首が徐々に硬く凝《しこ》ってゆく。

「ん……っ」

敏感な先端を強く押し潰されると勝手に胸が反ってしまい、深瀬は拳を口元にあてがった。声を殺そうと努めるも、漏れる吐息は隠しようもなく艶めいている。乳首をつんと尖らせていては言い訳のしようがない。

厭なのに、どうしようもなく感じた。深瀬の軀は狼に嬲《なぶ》られて悦《よろこ》んでいた。

どうして——？

柚子崎だからだ。姿はどうであれ、好きな人だから。

廊下の向こうから子供たちの明るい声がかすかに聞こえてくる。とうに朝食の時間になっているのに誰も声をかけに来ない。深瀬の願いに従ってくれているのだ。彼らはとてもいい子だから。

深瀬の肉体が示す屈従に満足したのか狼がシャツの中から顔を出す。ハーフパンツのウエスト部分をくわえられ、脱がせる気だと察した深瀬は思わず狼の頭を押し退けようとした。

「あ——」

狼が不機嫌に唸る。乱暴に振り払われた手に喰いつかれ、深瀬は息を呑んだ。

びっしりと並ぶ歯は大きく鋭かった。顎に力を入れられたら、深瀬の右手など簡単に砕かれてしまうに違いない。

「深瀬。痛い思いはしたくないだろう……？」

唾液が手首を伝い落ちてゆく。

「ふ……う……」

深瀬の目に涙が浮かんだ。

頭では、わかっていた。この狼は柚子崎だ。酷いことなんてするわけない。でも、鋭い牙を眼前にしたら、理性なんて消し飛んでしまう。

こくこくと壊れた人形のように頷くと、柚子崎は口を開いた。うっすらと噛み痕の残る手を、深瀬は唇を噛みしめ抱きしめる。

呆然としている間にハーフパンツが引き下ろされ、剥き出しになった局部を狼に舐められた。

「あ……」

怖い。怖くて軀の震えが止まらない。

それなのに人間のものとは違う薄い舌に深瀬の官能は異常に掻き立てられていた。勃ち上がり始めたペニスを鋭い牙が掠めるたび、ぞくぞくするような愉悦が背筋を駆け上る。経験したことのない悦楽に角度を増してゆく深瀬自身を柚子崎が嘲笑した。

「いやらしい奴だ……」

涙が一粒目尻から零れ落ちる。

とろとろと溢れる蜜が幹を伝い落ちる間もなく舐め取られ、敏感な先端部を何度も何度も舐め上げられて、深瀬はたまらず頭を振った。

「も、や……っ」

獣に犯されようとしている。

萎えてしかるべきなのに、深瀬の軀は興奮し潤んでいた。獣は獣。交わるべきじゃないのに。ふんすと吐き出された鼻息に、唾液と蜜でしとどに濡れた局部を撫でられ腰が震える。喘ぐ深瀬を冷たく見下ろすと、狼はマズルを軀の下に差しこみ俯せにひっくり返した。次いで脚の間に鼻面を突っこまれてぐいと持ち上げられ、尻を高く掲げた体勢を取らされる。

「や……っ」

片方の前肢が尻にあてがわれ、肉を外側に押した。開いた蕾をくじるように、再び狼が舌を使い始める。

そこに獣の性器をくわえこませるつもりなのだろうか。

肘が目で見てわかるほどガクガク震えた。

腰が前に逃げそうになると、柚子崎がぴしゃりと言う。

「動くな」

まるで魔法をかけられたかのように、深瀬は凍りつき、柚子崎の暴虐に甘んじた。

「ああ……あ……」

薄い舌では中まで入らない。焦れた柚子崎の鼻先に秘処をぐりぐりとえぐられ、深瀬の腰は折れそうなほど反り返る。

嬲られている入り口がひくつくのと連動して腹の奥まで疼き始め、深瀬は愕然とした。

僕の軀は、なんて淫らなんだろう。

狼がマズルで腿の内側を叩き、膝を開けと命じる。ずり下ろしただけのハーフパンツと下着が邪魔だけれど、夏用の薄い生地は伸縮性が高い。恥ずかしさを押し殺して大きく脚を開くと、狼の前肢が深瀬の背に置かれた。

「んうー……っ」

獣のペニスが入ってくる。形状がいつもと違うのが、ひどく生々しく感じられた。

体格が大きいため性器も大きかったけれど、先端部の膨らみがちいさいせいかすんなりと入ってくる。たっぷり唾液を塗りこめられたからか、昨日何度もしたからか、きつくはあったけれど、なんとか流血せずに済みそうだ。いつもより深く、腹の奥まで届いたそれに、深瀬はおののいた。

僕、狼と、交尾してる。

信じられない現実に頭がくらくらした。おまけに――。

「ああ……あ……っ」

馴染む間もなく中を穿たれ、腰が砕ける。

イイ……！

でも、大きな声をあげるわけにはいかない。子供たちに聞こえてしまう。深瀬はとっさにTシャツを引っ張り、口にくわえた。

「んっ、んんっ、ん――――！」

シャツの裾がたくし上がり、淫らにしなる細腰が露わになる。

声を堪えようと思えば思うほど、突き上げてくる衝動は強くなり、深瀬の理性を打ち砕いた。

「おまえは、俺の……俺だけのものだ」

強い執着を滲ませた声が脳を痺れさせる。

腹の奥の深い場所、もっとも敏感なポイントを容赦なく突き上げられ、ぽろぽろと涙が零れた。

嫌悪と、恐怖と、認めたくないけれど強烈な喜悦に、頭がおかしくなりそうだ。

爪が畳の表面を毟《むし》り、意識が飛びかける。熱い快楽の塊がこみ上げてきて、深瀬の肉茎の先端から弾けた。

獣に陵辱《りようじよく》される快楽に屈服したのだ。

「ン――――っ!」

絶頂を味わう深瀬の肉洞が強く引き絞られる。深瀬の背にのしかかっていた狼が猛々しい咆哮《ほうこう》をあげた。どこもかしこも熱い。まるで煉獄《れんごく》にいるようだ。

腹の奥まで熱かった。狼が深瀬の中で、射精、しているのだ。

避妊具もなにもつけていなかったことに今更ながら気がついた深瀬の中がひくついた。

狼のモノを生でくわえこみ、あまつさえ精まで注ぎこまれてしまったことに愕然とする。

――ともあれ、これでひとまず終わった。

そう、思ったのに。

狼は肉茎を抜こうとしなかった。のみならず、じわじわと圧迫感が強くなってゆく。まだ、出してるのだ。

なに、これ。このまま注ぎこまれ続けたら、自分はどうなってしまうんだろう。

「いやだ……も、抜いて。熱い。お腹の中が――」

恐くなってしまい腰を引いてみるけれど抜けない。興奮状態にあった時は気づかなかったが、入り口のあたりがきつかった。どうやら狼のペニスの根元近くが膨らんでいて、抜けるのを妨げているようだ。

嘘、でしょ……。

恐怖に泣きそうになってしまった深瀬のうなじを狼が甘く噛む。

「いいか。おまえは俺のものだ。触れるのはもちろん、他の男には近づくことも許さない。もう二度とここに他の奴のモノをくわえこんだりしないと誓え」

深瀬はふるふると首を振った。獣にそんなことを誓うなんて滑稽だ。

「強情な」

「んう……っ、ふ……んん……っ」

軽く腰を揺すられ、深瀬は歯を食いしばって声を堪える。

狼のペニスは根元まで埋まったまま。ということは当然切っ先が、散々嬲られ腫《は》れたように熱を持ってしまっている場所に当たっている。揺すられるだけで、息もできないほど気持ちよくなってしまう。

「もう、無理……やめて、お願い……っ」

「やめて欲しいなら誓うんだ」

背筋を、冷たい鼻先がなぞり上げる。それだけでざわざわと全身の神経がざわめいた。

ぽたぽたと涙が畳の表面に落ちて弾ける。これ以上、耐えられない。

「ぼ……僕は、柚子崎さんの、もの……」

「ここも、ここも俺だけのものだ。そうだな？」

「……」

後ろからぺろりと頰を舐めると同時にぐんと腰を突き上げられ、深瀬は啜り泣く。

「も、他の誰にも触らせな……って、誓う、から……っ」

「いい子だ」

圧迫感が消えてゆく。入り口にぎちぎちに詰まっていたものが萎《しぼ》み、深瀬を散々よがらせたモノが抜き出された。同時にどろりとしたものが溢れ出る。多いと感じてはいたけれど、本当にとめどなく出てきて畳の上に濁った水溜まりができた。

誓わせて満足したのか、狼が汚れた下半身を丹念に舐め清め始める。

「いや……」

そんなことをされたらたまったものではない。抗ったけれど傲慢な狼はやはりしたいようにし、深瀬は堪えられず勃起してしまった。いいと言うのに『手伝ってやる』と、舌で舐め回しつつ甘嚙みされ、快楽に逆らえない情けなさに泣く。

「は、ん……っ」

再びイった深瀬の精を、狼はきれいに舐め取った。

柚子崎の部屋に運ばれ、とろとろと微睡む。

傍に寄り添う狼に、深瀬は背を向けた。

力尽くで言うことを聞かせようとした柚子崎も快楽に弱い己も腹立たしく、やるせなかった。

＋　＋　＋

翌日、深瀬が目覚めるともう昼近くになっていた。家の中には誰もいない。シャワーを浴びようと廊下に出ると、気配に気がついたのだろう、梵天丸と小夏がどこからともなく現れて、深瀬の足下にまとわりついた。なにがなしほっとして、深瀬は二匹の頭を撫でてやる。

「ちょっと待ってて」

バスルームに入ると、曇りガラスの引き戸の向こうに、きちんと座って待ちかまえている二匹の姿が見えた。汗を流し、Tシャツの上に羽根のように軽いガーゼのシャツを羽織る。梵天丸と小夏におやつを与えると、深瀬は縁側にぼーっと座りこんだ。

いい天気だった。晴れやかで雲一つない。なにを感じ取ったのか二匹の犬も静かに深瀬に寄り添い離れようとしない。時々手を舐める感触に癒される。

時間になると、深瀬はパナマ帽を頭に乗せて小学校に向かった。校門で待っているといつも通り和真が出てくる。表情が暗くて心配になったけれど、深瀬に気がついた刹那、すべてが一変した。満面の笑みを浮かべ黒いランドセルを揺らして駆けてくる。

「深瀬さん、大丈夫なんですか⁉」

「ん？　なにが」

「体調がよくないって、孝英兄さんに聞きましたけど……」

そういうことになっていたのかと、深瀬は苦く笑った。

「大丈夫。お昼まで寝てたし」

「でも、顔色がよくないです」

「そう？」

和真の眉間に皺が寄る。いきなり手を取られ、深瀬はきょとんとした。

「こっち、来てください！」

どこへ行こうというんだろう。

幸い、保育園のお迎えの時間までまだ余裕がある。深瀬は引っ張られるまま和真についてゆく。

保育園からほど近くにある公園までやってくると、和真は深瀬をベンチに座らせた。ちょっと待っててと言いおいて、ぱたぱた走ってゆく。柚子崎に単独行動禁止と言われているのにと思ったけれど、和真が向かったのは公園の端に設置されている自動販売機だった。

「どっちがいいですか？」

ランドセルを背負った小学生にペットボトルを二本差し出され、深瀬は敗北感を覚える。

「じゃあ、お茶を……」

スパダリの弟は皆スパダリかと思いながら深瀬は一方のボトルを受け取った。

和真がこくりと頷き、深瀬の隣に座る。ちいさな手で力一杯キャップをひねってスポーツ飲料のボトルを開け、一口飲んだところで、幼いながらも整った顔が深瀬の方へと向けられた。

「孝英兄さんと、なにかあったんですか？」

深瀬はせっかくもらったお茶を噴き出しそうになってしまった。

「どうして？」

とりあえず穏やかに聞き返すと、柔らかそうな唇が尖る。

「深瀬さん、昨日一日中顔出さなかったし、孝英兄さんの様子もおかしかったから」

鋭い。

親から離れて暮らしているせいだろうか、多分この子は深瀬なんかよりずっと大人だ。

「心配かけてごめんね。ちょっと喧嘩しちゃっただけ。気にしないで。大丈夫だから」

柚子崎の真似をしてくしゃりと髪を掻き回すと、和真は誤魔化されるどころか傷ついた顔をして俯いてしまった。

「そう、ですか……。仕方ないですよね。僕はまだ子供ですし、話したってしょうがないですもんね……」

しゅんとへたれてしまった子狼の耳が罪悪感を掻き立てる。

「こんなところまで連れてきて、すみませんでした。じゃあ、保育園のお迎えに行きましょうか！」

無理に明るく声を弾ませ立ち上がろうとする和真の手を、深瀬はとっさに掴んで引き留めた。

まだ短いしっぽがひくりと撥ね、大きな瞳が深瀬を見返す。

「やっぱり、聞いてくれる？」

深瀬が乞《こ》うと、幼い顔が嬉しそうに綻んだ。

改めてベンチに並んで座り、買ってもらったお茶で唇を湿す。相談するにしても、どう言えばいいのだろう。性的な話を和真にするわけにはいかない。不安にさせるような話も駄目だ。

じっくり考えた末、深瀬は唇を開いた。

「僕にはその、以前、おつきあいしていた人がいたんだけど」

和真の毛がぶわりと逆立った。

「もちろん、もうそういう気持ちはないんだけど、ちょっと文句を言いたいことがあって。会いに行こうとしたら、柚子崎さんに駄目だって叱《しか》られた。よりを戻すつもりなんかないって言ってるのに信じてくれないんだ。そりゃ、僕は頼りないかもしれないけどそんな大事なことで流されたりしないのに、酷くない？」

話しているうちにまたふつふつと腹が立ってきたけれど、和真の返事は容赦なかった。

「あの、孝英兄さんは本当に深瀬さんのことが大事だから心配でならないんだと思います。正直、深瀬さんは僕から見ても頼りないです」

深瀬は言葉を失った。

ランドセルを背負った小学生に、頼りないって言われた。

「初めてうちに来た時、深瀬さん、なにかあった後だったんじゃないですか？　すごく不安そうな顔していました。ご飯とかてきぱき作ってくださったのは助かりましたけど、なにも知らない僕でも優しくしてあげなきゃって感じましたし、深瀬さんが僕の恋人だったら、そんな人には絶対に会わせたくないです」

「僕……そんなにダメそうに見える……？」

「あっ、で、でも、深瀬さんがちゃんと頑張っているのはわかってますから！　みんな、深瀬さんと孝英兄さんのこと、応援してるんです」

深瀬は眼鏡の弦の上からこめかみを押さえた。柚子崎の家の子たちは本当に子供とは思えない。

「……僕みたいのがお兄さんの恋人なんて、厭じゃないの？」

「？　深瀬さん、いい人ですし、孝英兄さんの初恋の人なんでしょう？　いやだなんて、どうして思うんですか？」

はつこい。

胸にきゅんと甘酸っぱい疼きが走った。

深瀬にとっても多分初恋だった。柚子崎と過ごした夏は今でも大切な思い出だ。宿代代わりに軀を差しだそうとしたのも、柚子崎が欲しかったからに他ならない。

でももうあの人は人間の姿を失ってしまった。今や横暴な獣だ。

「僕が言うのもなんですが、孝英兄さんはお買い得ですよ！　優しいし、イケメンだし、一度こうと決めたら、最後まで大事にしてくれますし」

でも、深瀬は和真たちとは違う。

「でもそれは、君たちが兄弟だからだよ」

和真の耳がぴるると震えた。

「あの、僕、違います」

「うん？」

なにが違うというんだろうと、深瀬は首を傾げる。和真はどこか苦しそうに手の中のペットボトルを見つめた。

「僕は和人の父違いの兄で、孝英兄さんとは血が繋がってないんです」

「…………え？」

「だから、本当は面倒を見る義理なんて孝英兄さんにはありません。僕、最初、追い返されたくなくて、このことを孝英兄さんに隠してました。でも、母さんが押しかけてきて、血が繋がってもいないのに連れ去るなんて誘拐だって孝英兄さんを責めて、本当は弟じゃないってバレちゃった。怒られるって思ったのに、孝英兄さんは僕も家族だって、絶対に渡さないって言ってくれたんです」

——思い当たることはいくつもあった。和真はいつも率先して細々《こまごま》とした家事をこなしていた。庭に作られた立派な菜園も和真が始めた。

どれも本当の兄弟ではないという負い目からだったのか。

でも深瀬には、柚子崎が和真にも他の子たちと同等に心を砕いていたように見えた。

「血が繋がってないようには、全然見えなかったな」

一瞬きょとんとした和真の顔に、誇らしげな——そしてとても嬉しそうな笑みが浮かんだ。

本物の兄弟のように見えていたのが嬉しいのだ。見ているだけで、この子が柚子崎を一心に慕っているのがわかった。この子だけじゃない、他の子供たちも、拾われた動物たちもそうなのだろう。

全部柚子崎がこれまで積み重ねてきた行いの結果だ。深瀬も、赤倉のことで言い争うまでは柚子崎に頼り切っていた。

考えれば考えるほど柚子崎は『いい人』なのに。急に狼に——悪人になってしまうなんて。

「お願いです。孝英兄さんのこと、許してあげてください。深瀬さんは孝英兄さんにとって特別な人なんです。僕たちじゃ代わりにならない」

「どうしてそんな言い方するのかな？　和真くんたちの代わりだっていないのに」

「でも、兄さんが僕たちを大事にしてくれるのは、弟だから、だから」

弟枠でなければ、こんな関係ありえなかった——？

違うと思うのに、和真を否定する言葉を深瀬は持っていなかった。

スマホが鳴り、お迎えに行かねばならない時間だと告げる。もう行かなきゃとだけ言うと、深瀬は和真の手を取り立ち上がった。

いつきと和人を引き取り、家に帰る。和人は和真と兄弟仲よく手を繋いでいた。深瀬の胸の中にはいつきがいる。しっぽをぴこぴこ振りながらあうあうと不明瞭なお喋りをするいつきは保育園にいるどの赤ちゃんよりもキュートだ。

もし柚子崎を受け入れられないのであれば、この子たちともいられない。そう思うとなんだか切なくなってしまい、深瀬はいつきの額に接吻《せっぷん》した。

「あー、ずるい、ちゅーしてる！　かずとも！」

誰も気づかないだろうと思ったのに大声でねだられ、深瀬はすこし顔を赤らめつつも身を屈める。和人の額にキスし、ついでにそわそわとそっぽを向いている和真も抱き寄せこめかみに唇を押し当てると、白かった膚があっという間に真っ赤に染まった。

「そ……っ、そういうことは、孝英兄さんにしてください……っ」

怒ったふりをしているけれど、しっぽが勢いよく揺れている。なんて可愛いんだろう。

「ただいまー」

帰宅し、からりと玄関の引き戸を開けて、深瀬たちは首を傾げた。いつもなら大喜びで迎えてくれる犬たちの姿がない。代わりに玄関に汚れたエナメルバッグが二つ放り出してあった。部活組の空冬と大雅のものだ。

「今日、部活なかったのかな……」

和真が二階に見に行くが、中学生二人の姿はない。いつきを座敷の座布団の上に下ろしたところにミルクがやってきた。

「ただいま、ミルク」

仰向けだったいつきがころんと寝返りを打って俯せになり、ミルクに向かって這い始める。おむつのせいでぽこんと膨れたお尻でぴこぴこしっぽを揺らしている姿はなんとも可愛いらしかったけれど、ミルクは厭がり、深瀬の肩へと駆け上った。膝に乗り上がってきたいつきがぺちぺちと深瀬を叩く。

和真が廊下を走って戻ってきた。

「深瀬さん！　メール、見ました⁉」

「……え？」

「登校時に電源切ってから忘れてて、今入れたら、伶兄さんからメールが」

携帯を取り出すと、和真の言う通り、伶の名前が表示されていた。それ以外にも何件も新着メールがある。本文を開いてみた深瀬は蒼褪めた。

――学校出たら、待ち伏せされてた。二人組。一人はあのおっさん。父のことで話があると言われて、司堂兄と一信兄がついてった。俺は帰れって司堂兄に言われたけど、後を追ってる。今、駅前のコンビニの前。

誘拐、だろうか。

父親を口実に釣るなんて、なんて卑怯な犯人だろう。

移動するたびに居場所を知らせる端的なメールが何件も続く。途中から部活組のメールも交じり始めた。授業が終わってすぐメールに気づき、伶に合流するために部活をさぼって飛び出したらしい。

柚子崎の返信はない。

深瀬はいつきを床に下ろした。爪を立てるミルクも肩の上から引き剝がして和真に渡す。

「悪いけど、お留守番、頼めるかな?」

「――――はい」

なにか言いたそうな顔をしたものの、和真は耳をぺそりと倒して頷いた。

財布と携帯だけを持ち、改めて戸締まりをしっかりしておくよう言いおいて深瀬は家を出る。

現在子供たちは最寄り駅から二駅ほど先の大きなターミナル駅に近い料亭にいるようだ。すこしだけ安心すると同時に深瀬は首を傾げた。遠くに連れ去るでもなく、高くつくであろう料亭に高校生を連れてゆくなんて、変だ。潜伏場所として利用しているなら、ずいぶん豪気な誘拐犯である。

駅まで移動する時間が惜しくてタクシーを拾う。タクシーの運転手はペンギンだった。限界まで前にずらした運転席にシートベルトをしてちょこんと座り、翼の先でハンドルを操作している。移動中に検索してみたところによると、料亭はかなり高級な部類で、静かだという個室の写真がいくつも載っていた。

料亭の近くまで行くとすぐに追跡組の子供たちが見つかった。なんと梵天丸と小夏まで連れて、生け垣の隙間から料亭の中を覗きこんでいたのだ。

深瀬は慌てて車を停めてもらうと、支払いを済ませ子供たちに駆け寄った。

「三人とも、なにしてるの！」

「お、深瀬か。なにしてんのもクソもねーだろ。見張ってんだよ。ほら、あそこに司堂兄と一信兄がいる」

往来にはそれなりの人通りがある。人目が気になったものの深瀬は空冬が指さした先を覗いてみた。

「あ……！」

二匹のコヨーテがいた。それからスーパーでいつきを奪おうとしたフラミンゴも。

コヨーテがフラミンゴの左右に控えて睨みを効かせているが、司堂も一信も耳をピンと立てているし、しっぽも脚の間に巻きこまれていない。興奮して羽ばたいたり嘴を鳴らしたりしているフラミンゴとは対照的に落ち着いて言葉を交わしている。

今のところ大丈夫そうだと見て取り、深瀬は軀を起こした。

「ずっとこんな感じ?」

「ああ。あいつらがいる離れ、一番室料の高いとこらしいぜ」

空冬はスマホで深瀬がさっきまで見ていたのと同じ料亭のサイトを眺めている。

「よくここまでつけてこられたね」

「あいつらは車で来てたんだけど、一信が拒否したんだ。知らない奴の車に乗れるかって。そしたら電車に乗ったから余裕だった」

そんな譲歩をするとは変な誘拐犯である。どうにも違和感があり、深瀬は他の可能性にも考えを巡らし始めた。父親は普段所在不明だと聞いている。もしかしたら本当に父親絡みなのかもしれない。たとえばなにか事件に巻きこまれているとか、そもそも危険な仕事に従事してるとか……。

「どうして梵天丸と小夏もここに?」

「いざという時の戦力になると思って」

「まあ、子供たちだけよりは安心かもしれないけど……」

「深瀬のくせに俺たちを子供扱いすんな」

暴言を吐いた空冬の脇腹に大雅の肘が入る。この子たちも深瀬を頼りないと思っているらしい。それも自分たちよりもずっと。

深瀬は溜息をつき再び生け垣の中を覗きこむ。変化はないけれど、いつまでもこうしているわけにはいかない。これではまるで不審者だ――と思った時、梵天丸が唸りだした。

振り返ると、制帽をちょこんと頭に載せたクロサイがいた。

「ちょっと君たち、なにしてんの」

自転車から降りて近づいてくる。

子供たちはざわめいたけれど、逃げようとはしない。大人が一緒にいるからだ。深瀬がなんとかしてくれると思っている。

――なにか、言わなければ。

だが、クロサイは自転車が潰れないのが不思議なほど大きかった。声の響きは穏やかだったけれど、分厚く皺だらけの皮膚で覆われた顔は他の動物以上に表情が読みとれない。

顔色をなくした深瀬を不審に思ったのか、クロサイがぶふんと鼻を鳴らす。吹きかけられた生ぬるい息に、深瀬の頭は真っ白になってしまった。

「――深瀬さん？」

気温は高いのに冷たい汗が噴き出てきて、服がじっとり湿ってゆく。

「あ……」

どうして自分はいつもこうなんだろう。もう二十年近くもこの異様な世界で生きているのに、取り繕う言葉一つ出てこない。

あんまりにも自分が情けなくて目を伏せてしまった時、声が聞こえた。

「深瀬！」

その声は清涼な風のように、深瀬の頭の中に立ちこめつつあった白い霧を吹き払った。どこからか走ってきた大きな狼が、深瀬を庇うようにクロサイの前に立ちはだかる。

「失礼。大丈夫か」

クロサイ以上に恐ろしい肉食獣に軀を擦り寄せられ、深瀬が覚えたのは安堵だった。

——獣の姿で犯されたのはつい昨日のこと、あんなに恐ろしかったはずなのに。

クロサイの目が、深瀬から柚子崎へと移る。

「あなたは？」

「この子たちの兄です。この人はその——すこし、対人恐怖症の気があって」

狼は、柚子崎の匂いがした。背に手を置き、みっしりと生え揃った毛並みに顔を埋めるだけで、気が楽になってゆく。

「それで、弟たちがなにか？」

「いやね、通報があったんですよ。不審者が家の中を覗きこんでいるというね」

深瀬は頭を抱えたくなった。誘拐犯を追ってきて不審者になってどうする！

「なるほど。でも、ちょうどよかった。実はこの店の中に弟が二人連れこまれているらしいんです」

「――――なんですって？」

深瀬は思わず顔を上げた。

警官を味方につけるつもりだと理解した子供たちが口々にクロサイに訴え始める。

「あいつら、このところずっと家の周りをうろついていたんだ」

「俺も以前、道案内をして欲しいって話しかけられて、車に連れこまれそうになった」

「あの」

深瀬も声を上げた。

巨軀の割につぶらなクロサイの瞳が深瀬を捉える。竦み上がってしまった深瀬の背をぽんぽんとやわらかいものが叩いた。狼のしっぽだ。深瀬を元気づけようとしてくれている。

「ここから見えるあの女の人、スーパーでいつきを攫おうとした人だと思います」

「なんだって⁉」

一瞬で空気が変わった。

「いつきというのは？」

殺気立った兄弟に戸惑いながら警官が尋ねる。狼が弟たちを代表して答えた。

「まだ一歳にもならない末の弟です。その件に関しては被害届も出してある」

「じゃあ、ちょっとお話を聞きに行きましょうか」

警官が自転車を引き、生け垣に沿って歩きだす。

「梵天丸と小夏もいるし、俺と大雅は外で待ってるわ」

柄の悪い空冬が大雅を伴って抜け、狼と伶、それから深瀬が店の入り口をくぐった。

「ごめんくださぁい」

警官が引き戸を開けて声をかけるとすぐ着物姿の女性が出てくる。顔見知りだったのだろう、女性が笑顔を浮かべた。

「あら、どうしたんですか?」

「いやね、今、離れにいるお客さん、どういう人?」

女性の表情がすこし硬くなった。

「いいところのお嬢さんですよ。お客さまがなにか?」

「高校生の男の子を二人、連れていたでしょう?」

「それは……ええ」

「どんな様子でしたか?」

「どういう意味でしょう」

挑発的に聞き返され、警官は苦笑した。

「うん、まあ、いきなりこんなこと聞かれても困るとは思うけど、この方たちはその子の家族でね……」

突然、激しく吠える犬の声が聞こえた。裏口から逃げる気だと叫ぶ空冬の声に、深瀬に寄り添っていた狼が猛然と走り出す。

「柚子崎さん……⁉」

まだ開けっ放しになっていた引き戸を通り抜けた狼は弾丸のように庭を突っ切った。その先にあるちいさな裏門の前で、シベリアンハスキーの小夏がコヨーテと牙を剝き出し取っ組み合いを演じている。豆柴の梵天丸も、誰一人打ち漏らすまいと門番のように四肢を踏ん張っていた。

司堂と一信は、外に出られず慌てるフラミンゴともう一匹のコヨーテを眺めて苦笑している。

「司堂！」

「あ、孝兄だ」

司堂が目の上に手を翳し、一信もおおと困ったような笑顔を覗かせた。

「うわ、みんないる」

「みんないるじゃないだろ！　変な奴らについて行きやがって。どんだけ心配したと思ってんだ！」

すこし涙目になった伶に怒鳴られ、受験生組はさすがにすまなさそうな顔をした。

「そうか、それは悪かったな」

「でもさ、気持ち悪いだろ？　変な奴らにうろうろされるの。これを機にはっきりさせとこうと思ってさ。司堂と俺ならまあ、なにかあってもどうにかできるし」

小夏がぶんと首を振ると同時にきゃんという悲鳴が上がり、コヨーテの軀が宙を舞った。目の前に転がってきた仲間の姿に、フラミンゴは鼓膜が破れそうな叫び声をあげる。

彼らと裏門の間を遮るように、狼が立ちはだかった。

「弟たちを誘拐しようとした理由を聞かせてもらおうか」

ぐるる、と威嚇《いかく》する狼に気圧《けお》され、コヨーテのしっぽが肢の間に挟みこまれる。遅れて警官がやってくると、戦意は完全に底をついてしまったようだった。

誘拐犯が使っていた離れに戻り、座卓を挟んで座る。窓の向こうに見える庭は、外から覗き見るのとはまるで印象が違った。池に蓮《はす》の花が咲き、緑が茂っている。自然のただ中のように設《しつら》えられているのに、生け垣の向こうには都心の高層ビルもちいさく見えた。

「この人たちの目的はわかったから、そんな大事にしなくていいよ、孝兄」

司堂と一信はあっけらかんとしている。

「目的？　なんだったんだ？」

中央に座った狼が睨みを利かせると、コヨーテが口を開いた。

「その、お嬢さまは柚子崎さま——皆さまのお父さまを探していらっしゃるんです」

「なぜ」

むっつりと問いただすと、フラミンゴが甲高い声で喋りだす。

「結婚して欲しいの」

一信が苦笑し、司堂が顔を覆った。狼は微動だにしない。

「それで？」

「それでその、司堂さまや一信さまなら、柚子崎さまがどちらにいらっしゃるのかご存知ではないかと」

「それならなぜ嘘をつく。おまえたちは道を尋ねるふりをして伶を車で連れ去ろうとしたんだろう？」

コヨーテがしまったという顔をして視線を逸らした。

「それに、いつきまで攫おうとしたのはなぜだ」

「えっ」

一信と司堂の耳がぴんと立った。

「なんだよそれ、どういうことだよ。聞いてないぞ」

「いつき誘拐しようとしたの、あんたたちだったのか⁉」

誰のせいでバレたのか察したのだろう、フラミンゴが憎々しげに深瀬を睨む。

「いいじゃない。男兄弟にガサツに育てられるより、私の子になった方が赤ちゃんだって幸せに決まってるわ」

「はあ？」

とんでもない発言に、警官どころかお茶を運んできた料亭の女将まで呆れ顔になった。コヨーテの一匹がさっと前に出ると同時に、もう一匹がフラミンゴの口を塞ぐ。

「申し訳ありません。お嬢さまはその、ちょっと世間知らずなだけなんです。この件の責任はお止めできなかった我々にあります」

狼のしっぽが不機嫌に畳を打った。

「そうか。じゃあ、責任を取ってもらおう。おまわりさん、俺はこの人たちを告訴する」

「えっ」

前に出ようとしたクロサイをコヨーテが器用に両前肢を掲げ、押し留める。

「ちょ、ちょっと待ってください。今、弁護士を呼んでおります。その、柚子崎さまに満足いただけるような条件を提示させていただくつもりです。どうか示談に」

「ふざけるな」

腹の底から響く狼の咆哮に、コヨーテもフラミンゴも全身の毛または羽毛を逆立たせた。

「どうせおまえたちは父を誘《おび》き出す餌《えさ》にするつもりで、いつきや伶を誘拐しようとしたんだろう？　あるいは人質にして、父に結婚の承諾をさせるつもりだったか。どっちにしろ、子供を攫って利用しようとする輩《やから》と示談なんかで収めるつもりはない！」

一歩も引かない構えに、いやいやいや、待ってくださいとコヨーテがお嬢さまの父親の名刺を差し出す。見えた社名に深瀬はぎょっとした。クライアントだ。深瀬たちの事務所はいろんな会社から仕事を請けているが、この会社からは特段に多く、全体の半分近くを占めていた。おそらく、コヨーテは会社同士の繋がりについても知っていたのだろう。これで恐れ入ると思ったらしい。だが、狼は喉を鳴らし残忍に笑った。

「なんでも金の力で解決できると思うなよ」

仕事なんか関係ない。弟たちを害そうとする輩は絶対に断罪する。

堂々と頭をもたげた狼の姿には、確固たる意志が感じられた。

――やっぱり柚子崎はスパダリだ。

人の姿をしていなくても胸《ハート》を射抜かれる。あんまりにも頼もしくて――弟たちへの想いが眩しくて。

「深瀬」

狼に名前を呼ばれ、深瀬は反射的にはいと応えた。

「後は俺に任せて、子供たちを連れて家に帰れ。和真が心配している」

「あ……」

すでに時刻は夜になろうとしていた。メールの一本も送っていないから、きっと和人といつきしかいない家の中で、皆の帰りを待っている。料亭にも客が訪れ始めているようだ。

庭に繋いでもらっていた梵天丸と小夏を連れ、深瀬は帰途についた。このあたりの駅の間隔は狭い。三十分も歩けば家に辿《たど》り着ける。

帰宅すると、果たして和真が泣きそうな顔をして玄関に出迎えに出てきた。和人はけろっとした顔で、プリンを食べている。そして、いつきは虚ろな目をしたミルクをしっかりと抱えこんでいた。

＋　＋　＋

狼が帰宅したのは、夜も遅くなってからだった。

どういうことになったのかが知りたくて、子供たちは全員寝ないで出迎えたのだけれど、狼は教えてくれなかった。

狼は返信しなかっただけで、伶たちのメールをちゃんと見ていたらしい。だから大急ぎで仕事を片づけあの場に駆けつけたのだ。

深瀬が不満そうな子供たちをベッドに押しこみ、自分の部屋でメールを打っていると、すると襖が開いた。隙間に狼のマズルが覗く。

「あ……」

なにをしに来たのだろう。

不機嫌そうに室内を一瞥《いちべつ》すると、狼は深瀬が昼間のうちに移動させていた布団に歩み寄り、端をくわえた。ずるずると自分の部屋に引きずっていってしまう。

おまえの寝る場所はこっち、ということか。

狼はさらにタオルケットと枕をくわえて往復すると、深瀬の腰の後ろをぐいぐい押し、自分の寝室へと連れていった。すでに二組の布団が並べて敷いてある。

「深瀬。そう脅えるな。なにもしないから、ここで寝ろ」

しっぽでぱたぱた布団の上を叩かれ、深瀬はおずおずと自分の布団の上に座った。狼の鼻先が瓶底眼鏡をひょいと持ち上げて外し、横になるよう袖をくわえて引っ張る。仕方なく横になると、狼も深瀬に身を寄せ寝そべった。

「今日は、ありがとうな。弟たちのこと」

すり、と頭のてっぺんを擦りつけられる。

「僕は別に、なにも」

「おまえはいつもそう言うな――昨日も、乱暴な真似をして悪かった」

狼は本当に後悔しているようだった。

深瀬は押し黙る。

――いい人は人間に見える。

でも、柚子崎は狼の姿のまま、どう目を凝らしても人間には見えなかった。ということは殊勝な顔をしていても柚子崎はまだ内に黒い心を抱いているのだ。弟たちを守ろうと奮闘する柚子崎が『悪い人』だとはどうしても思えないのに。

——僕はなにか間違えているんだろうか。

眩暈を覚え睫毛を伏せると、狼が甘えるように鼻を鳴らした。

＋　＋　＋

無味乾燥な電子音がメールの着信を知らせる。内容を確認すると、深瀬は一行だけのシンプルなメッセージを返した。

いつものように忙しく朝の時間を過ごし全員を送り出す。一緒に玄関で見送りをした梵天丸と小夏は、嵐が去ったような静けさに、くうんと鼻を鳴らした。

誰もいなくなると、深瀬は久しぶりにスーツに着替え、ネクタイを締めた。

「お留守番、お願いね」

猫と二匹の犬の頭を撫で、ずっと玄関の片隅に置いてあった自転車を組み立てて跨がる。行く先は会社の近くの寂れた喫茶店だ。いつものように駐輪場に自転車を預けて窓際のカウンター席に腰かけると、ほどなく店のドアが開いた。狸がぽてぽてと歩いてきて隣のスツールによっこらしょとよじ登る。

「こんな客のいない店、よく知っていたな」

赤倉だ。深瀬はスツールの上で軀をねじって頭を下げた。

「お久しぶりです」

「俺を笑いに来たのか」

荒んだ態度に、深瀬は首を傾げる。スツールにちょこんと座っていた狸が伸び上がり、カウンターの奥に立ててあったメニューを取った。

「おかげさまでさっき解任が決まったよ。パートナーどころか、クライアントまで敵に回られたら、どうにもならない」

狸の声には疲れが滲んでいた。

「クライアント、ですか……？」

「一番大きな取引先が、俺を外さなければ他社に乗り換えると言ってきたんだ」

フラミンゴの父親の会社のことだと深瀬は気がついた。弟たちを返した後で、柚子崎が取引したに違いない。

「そうだったんですか……」

「知らなかったのか？」

「はい。僕はただ、赤倉先生とお話ししたくて」

深瀬はブラウンがかったガラスの向こうに見える往来を眺める。

「どうしていきなり僕をクビにしようとしたんですか？」

狸はなにも言わない。不機嫌そうにメニューを睨みつけている。

深瀬は構わず続けた。

「僕は先生にかまってもらえて、嬉しかった。いただいたタイピン、まだ大事に持っています。素敵なバーやレストランに連れていってもらった時には夢みたいだって思いました。ずっとそんな時が続くなんて、最初から思っていませんでしたけど。——ねえ、先生？　僕、遠ざけなければ先生を困らせそうに見えてたんですか……？」

「うるさい！」

突然の大声に驚く深瀬の視線の先で、狸が歯を剝き出した。

「そんなの、俺が悪い男だからに決まってんだろうがっ！」

しっぽがばしばしとスツールの座面を叩く。

「遊んでやろうと思っていたんだ、最初から！　それなのにおまえときたら、いつもバカみたいに嬉しそうな顔をして、どんなに無茶を言って振り回しても怒らない。嘘をついても疑いもしない」

「嘘、ついてたんですか？」

「ついていたとも。山ほどな！　おまえといると、自分が恐ろしく汚い人間に思えてくる。遊びなのに優しくしたくなるし、今までしてきた悪いこと全部、後悔しそうになる。だが、俺はそんな柄じゃない！　結婚もしてるし、散々女を喰い散らしてきた。もういい年で、おまえなんか好きになったりするわけないいんだ！」

深瀬は瞬いた。

「つまり……僕のこと……すこしは好きになってくださってた……？」

狸はふんすと鼻を鳴らした。

「うぬぼれるな！」

カウンターの上に叩きつけるように深瀬の部屋の合い鍵が置かれる。

「あ、ありがとうございます。……そういえば、僕の部屋荒らしたのって、赤倉先生ですよね？」

狸の鼻に皺が寄った。今度は財布を取り出し、結構な枚数の札を取り出そうとする。

「あのっ、そういうつもりで言ったんじゃないんです。お金なんてしまってください。あとはあの、柚子崎さんへの当たりがきついと聞いたので、止めてくださいと言うつもりだったんですけれど……」

「クビになるんだから、意味がないな」

「……そうですね」

会話が途切れる。色々と言いたいことがあったはずなのに、気が済んでしまっていた。もはや話すことなどなにもない。どうしようかと思っていると、狸が唐突に言った。

「おまえ、柚子崎とつきあっているのか？」

深瀬は首を傾げた。

――つきあっているんだろうか？

今や柚子崎は赤倉と同じ獣だ。

ああ、でも、この人は最初から深瀬をもてあそぶつもりで、人の姿をしていた間もちっとも善人なんかじゃなかったらしい。だとしたら――？

黙っていると、狸は勝手に納得したようだった。

「くそ……っ、若造のくせに、生意気な」

これはよくない。事務所で言いふらされでもしたら、柚子崎に迷惑がかかる。

嘘でも違うなどと言いたくはなかったけれど、柚子崎のためである。深瀬は思い切って唇を開いた。

「……あのっ」

「あ？」

「つきあって、ないです」

狸が半眼になる。

「……おまえは嘘が下手だなあ」

ふっと鼻で笑われ、焦る。だが、赤倉は思いの他穏やかな顔をしていた。

「まあ、おまえらのことなんて、どうでもいいがな」

深瀬は瞬いた。

スツールには狸ではなく、人の姿の赤倉がいた。

＋　＋　＋

「俺に隠れて、赤倉と逢《あ》い引きか」

会計を済ませ外に出た途端、目の前に立ちはだかった狼に、深瀬は眼を見開いた。仕事をしているはずなのにどうやってここを嗅ぎつけたのだろう。

「けじめをつけてきただけです。どうしてここに？」

「あいつがおまえと会うと言っていたから後をつけた」

……後をつけた？　まさか赤倉はわざわざ柚子崎に当てつけてから来たのだろうか。

「あいつとは会わないと誓っただろう？」

駐輪場へと戻る深瀬の足元に狼がまとわりつく。まるで飼い主の関心を引こうとする犬のようだ。

「誓ったのは、……シないってことについてだけでしょう？　大体、人目のあるところでお話ししただけで、柚子崎さんに怒られるようなことなんてなにもありません」

深瀬はつんけんと狼をあしらう。柚子崎は、本当に深瀬が簡単に赤倉の誘惑に乗るような尻軽だと思って見張りに来たのだろうか。どこまで失礼なんだろう。

駐輪場から自転車を引き出して通りに出ようとした深瀬のスーツの裾が引っ張られた。

「深瀬！」

狼がくわえて踏ん張っている。

「俺よりもあんな男の方がいいのか？　俺はもう用済みか？」

「……え？」

なにを言っているんだろうこの狼はと深瀬は首を傾げた。でも、狼は裾を放そうとしない。妙に必死な様子に、じわじわとありえない考えが広がってゆく。

まさか。

「まさか本気でそんな心配をしているんですか？　僕が赤倉先生とよりを戻して、柚子崎さんを捨てるなんて――」

決まり悪そうに獣の耳が後ろに倒れる。

「深瀬は先生の話が出ると、苦しそうな顔をする」

「ええと、あれだけ悪意をぶつけられて、ケロッとしていられる人がいるなら見てみたいんですけど」

――呆れた。

深瀬を犯しながら執拗に自分のものだと宣言させたのはそのためだった？　筋の通らない言いがかりも、足腰立たないようにしたのも、嫉妬のため？

恋した者は盲目になると言うけれど、自分のようなへっぽこに捨てられる心配をする、なんて。声を上げて笑いたくなった。目の奥がじわりと熱くなる。

この人は嫉妬するほど自分を好いているのだろうか。――そうなら、なんて幸せなことだろう！

深瀬はわしゃわしゃと狼の頭を撫でてやった。

「深瀬!?」

「もう、戻らないと。昼過ぎにスペアリブ用の肉が届く予定なんです。早くマーマレードと一緒に圧力鍋で煮こんで、味を馴染ませなくちゃおいしくならないから」

道路に出て、自転車の向きを変える。

「深瀬！」

振り返ると、すり、と手に頭を擦りつけられた。狼の目に深瀬が映っている。

「……ビールを買って帰る。きっとスペアリブによく合う」

子供ばかりなので、柚子崎は家では飲酒しない。深瀬も記憶を飛ばして以来アルコールをまったく口にしていなかったが、ますます暑くなってきたこの季節、冷たいビールは確かに脂っこいスペアリブに合うだろう。

深瀬の口元に淡い笑みが浮かんだ。

「――楽しみにしています」

ちゃんと家で待っている。消えたりなんかしない。

深瀬は強くペダルを踏む。

柚子崎の言う通りだった。深瀬の見る動物はその人の本質を表している。狼は情愛が深く一度つがいと決めたら添い遂げる生き物だ。不安になることなど一つもない。

景色が後ろへと飛んでゆく。

早く帰ろうと深瀬は思った。愛する家族のために最高のスペアリブを作るために。

+ + +

風呂から上がり部屋に戻ったらまた布団が消えていた。来たばかりの廊下をすこし戻った深瀬は、柚子崎の部屋の襖を開けて苦笑する。案の定、布団が二つ並べて敷いてあった。

窓を開けて深瀬は涼む。スペアリブはおいしくできた。つけ合わせの野菜のマリネも酸味を弱めにしたからか好評で、綺麗になくなった。明日はなにを作ろうか。考えていると、狼がビール瓶の入ったビニール袋をくわえて、とっとことと部屋に入ってきた。

柚子崎が買ってきてくれたのは、深瀬の好みに合わせたのだろう、軽くてフルーティなヴァイツェンだった。夕食時にも一本開けたが、まだあったらしい。瓶がちいさいから大した量ではないけれど、冷凍庫で冷やしたグラスで飲むビールはたまらなくおいしい。深瀬は席を立ち、台所からグラスを二つ持ってくる。栓を開けて注ぎ入れると、柚子崎もグラスを前肢で挟んで支え、鼻を突っこむようにして舐め始めた。

夏休みが近づきつつあった。縁がほんのりと青く染められた丸い風鈴がちりんと涼やかな音を立てる。

「今日、赤倉先生と会ってわかったんですけれど、僕、思い違いしてました」

狼の耳がふるんと揺れた。

「なにをだ？」

「獣に見えるかどうかは僕の主観に依っていたみたい」

いい人か悪い人かは関係ない。深瀬が彼等と仲良くなりたかったから人間に見えていただけ。全部深瀬の妄想だった。動物の姿も、子供たちの狼耳としっぽも。とても信じられないけれど。

深瀬は手を伸ばし、恐る恐る狼の頭を撫でてみる。

「こんなにもリアルなのに……」

撲ったそうに片方の耳だけ揺らした狼の頭が傾いだ。

「深瀬？」

物問いたげに見つめられ、深瀬ははっとして手を引っこめた。端から見れば、狼ではなく長身の男前の頭を撫でているようにしか見えないことに気がついたのだ。

「あ、ご、ごめんなさい。今、僕の目には柚子崎さんが狼に見えていて……」

「なんだと？」

狼が頭をもたげた。

「あ」

コップが倒れ、ビールが畳の上に流れだす。

「いつからだ」

深瀬は盆の上に用意してあった布巾で金色の液体を押さえつつ答えた。

「喧嘩した時からです」

「じゃ、この間抱いた時には、俺はもう狼だったのか……？」

深瀬は窓辺へと膝を進めた。手を伸ばして布巾を絞り庭へと水滴を落とす。

「ふふ、ああいうの初めてで、びっくりしました。後ろからのしかかられて揺さぶられると、ふわふわの腹毛が当たるんです。後ろから聞こえてくる荒々しい息づかいに、いつ噛みつかれるんだろうって気が気じゃなかった」

「笑っている場合じゃない、おまえにとっては獣姦、だろう?」

すり、と頬ずりされ、深瀬は反射的に首を竦めた。引けそうな腰を意志の力で押さえつけ、邪魔な瓶底眼鏡を外す。

「そうですけど、別に死ぬようなことされたわけじゃないですし」

そもそもあんな場所にあんなモノを入れるところからしてとんでもないのだ。それが狼のモノになったところで、深瀬にとってはとんでもない度がすこし上がっただけ。そう、一度経験した今なら言える。

「深瀬にとって、セックスとはなんだ?」

ぴったりと軀を寄せた狼に問われ、深瀬は考えこむ。普通は好きな人と愛を交わす行為なのだろう。でも、深瀬にとっては違った。

「人を繋ぎ止めるための対価、でしょうか」

「深瀬」

哀しそうに頬を舐められ、深瀬は微笑む。

「僕はちゃんと恋をしてセックスしたことがなかったから。でも、柚子崎さんとするセックスは、まるで違った」

それまで深瀬が経験してきた行為とは比べものにならない熱量がそこにはあった。

だけど柚子崎は、己が深瀬に与えた衝撃を知らない。

「狼に見えるようになってしまったということは、俺はもう、失格なのか？」

頭を凛ともたげつつも、耳を不安そうにふるふるさせている狼は可愛らしい。失格なんかであるわけない。

「あれから考えたんですけれど、僕、やっぱり柚子崎さんのことが好きみたいです。もう一度人間の柚子崎さんに会いたいし、触ってもらいたい」

もふんと深い毛並みに顔を埋めると、狼が胴震いした。

「俺が怖くないのか？」

動物は——特に大きな動物や肉食獣は、怖いけれど。

「柚子崎さんが怖いわけ、ない」

深瀬の言葉に狼のなにがしかのスイッチが入ってしまったらしい。ぐりぐりと頭のてっぺんを擦りつけられて、深瀬の軀が傾いた。

「ふふ、だめ、柚子崎さん。縁側から落っこちちゃう」

くすくす笑いながら抗議すると、狼は押すのを止め、深瀬の膝に頭を乗せた。

「——赤倉先生を退任させた。俺が推せばすぐにでも深瀬を復職させられると思う。が、とりあえずしばらくの間、外注で翻訳を請け負ってみないか？」

「……大変な状況なんでしょう？　すぐ戻った方がいいんじゃありませんか？」

ふんすと狼が鼻を鳴らした。

「まだ下世話な噂をする奴がいる。いい機会だ、深瀬のありがたみを骨身に染みさせてやる。深瀬は自分が他と比べてどれだけたくさん仕事をこなしていたかわかってるか？」

「――さあ……？　引き継ぎの時に驚かれたから、多いんだろうとは思いますけど……」

担当する案件の数は人によって様々だ。能力によって違うのは知っていたが、具体的にどれくらい違うのかは割り振っているものしか知らない。

「駄目な奴の三倍、部内では俺に次ぐ二位だ。おまえはすごく優秀なんだ」

「褒め殺しにしたって、なにも出ませんよ」

「全部本当のことだ」

子供の頃と同じだった。柚子崎がいると、深瀬は鬱々とした気分を忘れられる。自分を欠けたところのない十全《じゅうぜん》な存在だと思える。

――柚子崎を失いたくない。

人間の姿を取るか動物の姿を取るかの選択が深瀬の主観に依るならば人間に戻っていいはずなのに柚子崎はいまだ狼の姿のままだ。でも、と深瀬は唇を舐める。元に戻れないなら、狼の姿のままでもいい。どんな姿をしていても、柚子崎は柚子崎だ。

身を屈め、膝の上でくつろいでいる狼にくちづける。驚いたように耳をぱたつかせたものの、狼は口を開け、ぺろりと深瀬の顔を舐めた。

狼に見えても、これは、柚子崎。

精一杯舌を伸ばし、鋭い牙で守られた口の中を探ってみる。つたない愛撫でも心地よく感じられたのか、狼がぐるぐると喉を鳴らし始めた。

キスとも呼べないキスを続けながら、被毛に覆われた軀を撫でてみる。だんだんとそれだけでは足りなくなり、深瀬は重い狼の頭を抱え、膝から床に下ろした。

「深瀬……？」

尻の位置をずらし、狼の下腹部を手で探る。深瀬のキスで興奮してくれたのだろうか、先端がすこし飛び出ているのを見つけ、深瀬はよいしょと狼の軀をひっくり返した。

「う、あ……っ？」

無防備に晒された下腹部に顔を寄せ、見るからに敏感そうな先を口に含む。舌で舐め回していると、それはむくむくと膨れ上がり、完全に露出した。

こんな形をしていたのか。

そこだけ無毛で肉の色をしているのが生々しい。長くて、根元に陰嚢とは違うらしい瘤《こぶ》があった。これがあの時深瀬の中に入ってきて、腹が苦しくなるまで欲望を注ぎこんだのだ。

奥を突かれ続ける苦しいほどの快楽を思い出した腹の奥が切なく疼く。あんなことをまたして欲しいと思うなんておかしいけれど、深瀬は憑《つ》かれたような目をして狼の性器に吸いついた。

グロテスクな形状をしていても、愛おしくてたまらない。

口の中で膨れ上がった性器がぶるりと震える。限界が近いのだ。

飲みたいと深くくわえこもうとした刹那、服の背中を掴まれ、後ろへと引っ張られた。思いがけない事態に対処できず、口の中から零れ出た性器が弾ける。

「あ……」

胸元に生あたたかい液体がぶちまけられた。顔にも飛沫が散る。

——飲みたかったのに。抗議しようと振り返ると、人間の姿に戻った柚子崎がいた。まだ深瀬のシャツを片手で掴んでいる。

「馬鹿、なんてことをするんだ！　俺は狼なんだろう？」

深瀬は何度も瞬いた。白濁で汚れた顔をこてんと傾ける。

「柚子崎さん、いつ人間に戻ったんですか？」

「いつって……戻っているのか？」

「はい」

二人は目を見合わせた。

「そうか……なら、我慢する必要はない、のか？」

人に戻ったのに、柚子崎の目つきは狼のようだった。ちろりと唇を舐める舌の淫靡《いんび》さに、深瀬の腰の奥が疼く。

「あ……っ」

押し倒されて、深瀬はとっさに柚子崎の胸を押した。

「待って。準備。準備が……っ」

「俺が全部してやる」

「ええ……っ⁉　あ、や……っ」

「しー」

耳元で囁かれ、深瀬は両手で口を塞いだ。子供たちが柚子崎の部屋を訪ねるのは禁じられたけれど、夜は静かだ。大声を出せば聞こえてしまう。

汚れたシャツが脱がされ、顔についた精液も拭われた。

「そうだ、静かに」

「ん、んん……っ」

すでに深瀬の軀は欲情し、おいしく料理されるのを待っていた。強引に征服される喜悦にあっという間に陥落し、深瀬は頭までばりばりと貪り喰われる。

＋　＋　＋

暑さはますます厳しくなり、学校は夏休みに突入した。とは言っても、受験生組と部活組の生活リズムに変化はない。伶も夏期だけの短期バイトを始めたし、菜園の手入れに熱中している和真の朝は早い。従って深瀬の朝も早い。

誰よりも早く布団から抜け出して顔を洗って台所へと向かう途中、廊下を挟んで向かいにある座敷に誰かいるのが見えた。

ずいぶん早起きだ。

忙しい朝の時間にのんびり座卓の前に座っているのも珍しい。フックから取ったエプロンの紐を結びながらもう一度座敷を覗いてみる。

そうして深瀬は仰天した。

さっきまで布団に入っていたはずの柚子崎がこちらに背を向けて座っている。その向かいには、知らない子がいた。

向こうも深瀬に気がついていたのだろう。座卓の前にちょこんと座って、じーっとこちらを見つめている。年の頃は、小学校に上がる前くらいだろうか。

振り返った柚子崎が眉を顰めた。

「誰だ、おまえ」

――柚子崎じゃない。

すごくよく似ているけれど、もっと年嵩で、狼耳としっぽがついている。

「あなたこそ、一体——」

「あー! いつの間に来やがった、クソ親父!」

最後まで言うより早く聞こえてきた大声に、深瀬は目を瞠った。縁側のガラス戸がからりと開かれ、庭から伶が入ってくる。

では、この男が柚子崎たちの父親なのだろうか。次々に子供を作ってくるだけはあって、いい男だった。精悍な印象が強い柚子崎と異なり、どこか頽廃的な色気がある。そして子供もまた、どことなく柚子崎に似ていた。

「おい。まさかこの子も……」

「おう、おまえらの新しい弟だ。五歳になる」

悪びれもせず紹介する父親に、伶の顔が怒りに染まった。

「いい加減にしろよ、てめえ!」

怒鳴り声に、子供の肩がぴくりと撥ねる。

まずい。

深瀬は子供の前にしゃがみこみ、にこりと微笑んだ。

「ぼく、こっちにおいで。おなか空いてない? ジュース、飲もっか?」

涙目の子供がこくんと頷く。伶の声が聞こえたのだろう、深瀬が子供を抱き上げた時には全員が座敷に駆けつけてきていた。

「……おはようございます」

入り口に立ち止まってしまっていた面々を掻き分け柚子崎が父親の向かいに座すと、子供たちもわらわらと席に着く。父親が軀をひねり、座敷を出ようとしていた深瀬を親指で示した。

「ところでよう、そいつはなんだ？　おまえの嫁か？」

深瀬は硬直した。女性ならともかく、どうして瓶底眼鏡をかけた野暮ったい男を見て嫁という単語が出てくるのだろう。

どぎまぎする深瀬と反対に、柚子崎は落ち着き払っていた。

「そうだ」

躊躇《ためら》いもせず断言する。父親もまた驚きもせず、深瀬に流し目を送った。

「ふん。いい腰つきをしてやがる」

「ふざけんなよ、このクソ親父が！」

かっとなって怒鳴ったのは、柚子崎ではなく部活用のジャージ姿の空冬だった。

「おまえこそ父親に向かってその口の利き方はなんだ」

「あの子、また置いてゆく気か？」

司堂の問いに、父親は和真と並んで座る和人の顔を覗きこんだ。

「年の近い兄弟が増えて嬉しいだろう、和人？」

柚子崎が苦笑する。

「あんたも懲りないな」

「仕方がねえ。女たちが俺の子を生みたいって寄ってくるんだ」

「同情の余地なしだな」

張りつめた空気にどうなるんだろうとはらはらしていると、玄関の方からごめんくださいと言う声が聞こえた。まだ返事をしていないのにからりと引き戸が開けられる音がする。

柚子崎が来たかとちいさく微笑んだ。

「なんだ？　こんな早くに、客か？」

だが、父親が余裕綽々《よゆうしゃくしゃく》の態度を取れたのはここまでだった。

「柚子崎さま、お会いしたかった……！」

ばっさばっさと羽ばたきつつ座敷に突進してきたフラミンゴに父親が色を失う。

「あ……ああ⁉　なんでこいつがこんなところに……！」

「ご協力、感謝いたします」

随行するコヨーテが柚子崎に向かって頭を下げた。それで察したのだろう。父親が立ち上がって拳を振り上げる。

「てめえ、親を売ったのか⁉」

「人聞きの悪い。親父が現れたら知らせると約束しただけだ。聞いたら、このお嬢さんにずいぶんな仕打ちをしたって言うじゃないか。身から出た錆《さび》だ。結婚しろとまでは言わないが、行って、

ちゃんと筋を通してこい」

暑くて裸で寝てたのだろう、ハーフパンツしか穿《は》いていない一信が寝癖だらけの頭を手で梳きつつ感心する。

「俺たちが帰った後、そーゆー取り決めをしてたのか……」

「ぎりぎりで告訴は取り下げたが、親を引っ張り出してお嬢さまにはしっかりおしおきしてもらった。いくつかした取引の、これは一つだ」

俺は行かねえぞと抵抗する父親を、コヨーテが二匹がかりで引きずってゆく。やがて車の音がして、朝の静けさが戻ってきた。席を立った柚子崎が子供を抱いたままの深瀬へと歩み寄る。

「なんにせよ、また兄弟が増えたな。朝だが、緊急家族会議を開催するぞ。全員、顔を洗って集合！」

ばたばたと足音が散ってゆく。

「ようこそ、我が家へ」

濡れた目を見開ききょとんとしている子供の頭を柚子崎が撫でた。新しい弟に興味があるのだろう、いつきをだっこした和真が寄ってくる。挨拶をさせてやろうと床に下ろすと、子供は興味津々、手を伸ばした。ぱたぱたと動いているいつきの耳を摘まみ、こてりと首を傾げる。

「おおかみしゃん？」

深瀬は和真と目を見合わせた。

こんにちは、成瀬《なるせ》かのです。久しぶりにクロスノベルスさんから本を出していただく運びとなりました。

思えば初めて本を出していただいたのもクロスノベルスさんでした。右も左もわからなかったあの頃のことを思い出すと感慨深いものがあります。

前回はマフィアと花嫁がテーマでしたが、今回はケモミミで大家族（というより、大兄弟？）モノで特殊設定も絡んだお話となりました。我ながら盛りすぎ感がありますが、楽しんでいただけると嬉しいです。

挿絵のコウキ。先生の描かれるちびキャラやケモミミ、超キュートで大好きだったので、今回お願いできて幸せです。可愛らしいイラストをありがとうございました！

このお話を本の形にするにあたって尽力してくださった編集様を始めとする皆々様、そしてなにより読んでくださった読者に深く感謝します。また別のお話でもご縁があることを祈りつつ。

成瀬かの

CROSS NOVELS既刊好評発売中

囚われたのは……私なのか？

僕の悪魔 —ディアブロ—

成瀬かの

Illust 穂波ゆきね

目覚めたらそこは、見知らぬ異国の地だった。憶えているのは、義父と飛行機に乗ったことだけ。異国の言葉で話しかけてくる美しい男・クラウディオに、里玖は心を奪われる。温かで強引な彼の家族にもてなされ、愛情に飢えていた里玖は束の間の幸せに浸る。次第にクラウディオに惹かれていた里玖はある日、彼を想いながらした自慰で達してしまう。彼を穢したことに落ち込む里玖。だが、クラウディオがマフィアのドンで、自分は取引の為の生け贄だと知り!?

CROSS NOVELSをお買い上げいただき
ありがとうございます。
この本を読んだご意見・ご感想をお寄せください。

〒110-8625
東京都台東区東上野2-8-7　笠倉出版社
CROSS NOVELS 編集部
「成瀬かの先生」係／「コウキ。先生」係

CROSS NOVELS

オオカミさん一家と家族始めました

著者

成瀬かの

2017年 3月23日　初版発行　検印廃止

発行者　笠倉伸夫
発行所　株式会社 笠倉出版社
〒110-8625　東京都台東区東上野2-8-7　笠倉ビル
[営業]TEL　0120-984-164
FAX　03-4355-1109
[編集]TEL　03-4355-1103
FAX　03-5846-3493
http://www.kasakura.co.jp/
振替口座　00130-9-75686
印刷　株式会社 光邦
装丁　斉藤麻実子〈Asanomi Graphic〉
ISBN 978-4-7730-8848-9
Printed in Japan